名作童話を読む

未明・賢治・南吉

「童話のふるさと写真紀行」

新潟の夏の海

人魚伝説公園。ＪＲ北陸本線の駅でいうと、潟町あたりの海岸にある。土地の人魚伝説は、「赤い蠟燭と人魚」のモチーフの一つだっただろう。

しかし、どこからともなく、誰が、お宮に上げるものか、毎晩、赤い蠟燭《ろうそく》が点《とも》りました。昔は、このお宮にあがった絵の描《か》いた蠟燭の燃えさしを持ってさえいれば、けっして海の上では災難に罹《かか》らなかったものが、今度は、赤い蠟燭を見ただけでも、その者はきっと災難に罹って、海に溺《おぼ》れて死んだのであります。

「赤い蠟燭と人魚」より

新潟県糸魚川市にある相馬御風の家の内部。相馬御風は、1883 ～ 1950 年。詩人、歌人、評論家。小川未明と同時期に中学、そして早稲田で学ぶ。未明文学のよき理解者で、「小川未明論」（1912 年）を書く。

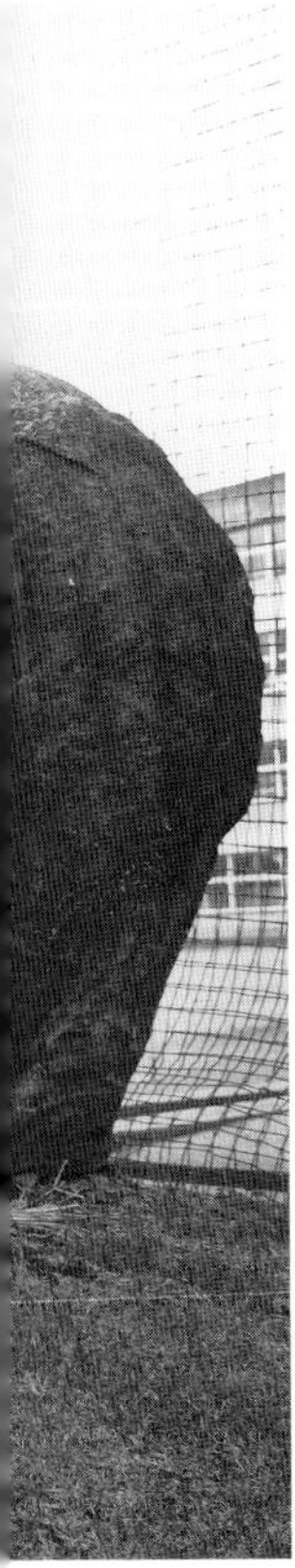

小川未明が18歳までをすごした
高田の街。雪国の雁木通りだ。
現在は新潟県上越市。

新潟県立高田高校。未明は、中
頸城尋常中学校時代にすごす。
相馬御風らと同人雑誌を刊行し、
教師のひとりから漢詩を学ぶ。

小川未明生誕の地。碑の文字は早
稲田の後輩にあたる小説家、童話
作家の坪田譲治。上越市幸町。

未明が通った岡島小学校
（現在は大手町小学校）の
童話「野薔薇」の碑。

老人は、何か物を言おうとすると眼《め》が醒《さ》めました。それは全く夢であったのです。それから一月ばかりしますと野薔薇《のばら》が枯れてしまいました。その年の秋、老人は南の方へ暇をもらって帰りました。

「野薔薇」より

九月一日

どっどどどどうど　どどうど　どどう、
青いくるみも吹きとばせ
すっぱいかりんも吹きとばせ
どっどどどどうど　どどうど　どどう

谷川の岸に小さな学校がありました。

「風の又三郎」より

花巻・猿ヶ石川の風景

けんじ

宮沢賢治

次の晩もゴーシュは夜通しセロを弾いて明け方近く思わずつかれて楽器をもったまうとうととしていますとまた誰か扉《と》をこつこつと叩《たた》くものがあります。それもまるで聞えるか聞えないかのくらいでしたが毎晩のことなのでゴーシュはすぐ聞きつけて「おはいり。」と云《い》いました。

「セロ弾きのゴーシュ」より

羅須地人協会の建物内部。1926年、宮沢賢治は、農学校教師の職をすて、家の別宅にひとりで住み、農耕生活をはじめた。その場所で羅須地人協会を設立。「農民芸術」（農民すべてが芸術家である）を実現する拠点とした。現在、建物は花巻農業高校に移築されている。

岩手県立花巻農業高校の賢治像。制作は橋本堅太郎で、2006年の作品。

JR釜石線・新花巻駅。釜石線は、もとは、賢治の童話や詩のモチーフにもなっている岩手軽便鉄道である。

それは本とうは海岸ではなくて、いかにも海岸の風をした川の岸です。北上《きたかみ》川の西岸でした。東の仙人峠から、遠野《とおの》を通り土沢《つちざわ》を過ぎ、北上山地を横截《よこぎ》って来る冷たい猿ヶ石《さるがいし》川の、北上川への落合《おちあい》から、少し下流の西岸でした。

「イギリス海岸」より

イギリス海岸。現在の北上川は、ダムによる水量管理がすすみ、作品「イギリス海岸」にあるような白い泥岩の露出した「白堊の海岸」を見ることはできない。

九つのパートで構成された賢治の詩「小岩井農場」に描かれた小岩井農場にむかう道。

羅須地人協会跡の入り口。協会跡には、高村光太郎が揮毫した「雨ニモマケズ」の詩碑が建つ。

身照寺の宮沢賢治の墓（左）。右は宮沢家代々の墓。

なんきち

新美南吉

新美南吉記念館・童話「デンデンムシノカナシミ」の碑。碑文は、南吉の自筆原稿1枚め。

愛知県立半田高校内のブロンズ像「少年とごん」。南吉は、旧制半田中学時代にここで学んだ。

ぐるりを低い桃の木でとりかこまれた池のそばへ、道が来たときでした。子供達の中で誰かが、「コン」と小さい咳《せき》をしました。

「狐」より

いっぴきの　でんでんむしが　ありました。
ある　ひ　その　でんでんむしは　たいへんな　ことに　きが　つきました。
「わたしは　いままで　うっかりして　いたけれど、わたしの　せなかの　からの　なかには　かなしみが　いっぱい　つまっているのでは　ないか」
この　かなしみは　どう　したら　よいでしょう。
でんでんむしは　おともだちの　でんでんむしの　ところに　やって　いきました。

「でんでんむしのかなしみ」より
※原作はカタカナ童話で、全文カタカナ表記

新美南吉生家の内部

半田市内の書店・同盟書林。
「おじいさんのランプ」の巳之助
がひらいた本屋を想像させる。

南吉生家に近い岩滑八幡社。
「狐」や「久助君の話」の舞台。

南吉生家の向かいの
常夜燈。「花を埋め
る」に登場する。

安城市内・花のき橋

むかし、花のき村に、五人組の盗人《ぬすびと》が
やって来ました。
それは、若竹が、あちこちの空に、か
ぼそく、ういういしい緑色の芽をのば
している初夏のひるで、松林では松蟬《まつぜみ》
が、ジイジイイと鳴いていました。

「花のき村と盗人たち」より

矢勝川。「ごん狐」で兵十がウナギをとっていたのは、この川のイメージだ。

新美南吉記念館入り口へ

◎口絵
写真＝坂口綱男　文＝宮川健郎

目次

装画　川上和生
装幀　後藤　勉
口絵レイアウト　山口桃志

はじめに

「童話」とは何か　―いま、「童話」を読み直すために―

宮川健郎

「童話」ということば

「童話」ということばは、現在でも、子どものためのお話、子どもの文学という意味で使われる。ところが、子どもの文学を専門とする児童文学研究者や評論家は、「童話」を、大正期から太平洋戦争後までの子どもの文学のあり方を示す歴史的な概念として用いることが多い。

「童話」という言葉自体は、江戸時代から見られるが、それは、昔話のことだった（戯作者・山東《さんとう》京伝《きょうでん》は、「童話」を「むかしばなし」と読ませた）。やがて、明治期に起こった口演童話のことにもなる。口演童話は、作家が自らの声によって、子どもたちにお話を聞かせる活動で、巌谷小波《いわやさざなみ》らによって始められた。創作童話という意味での「童話」ということばを広めたのは、一九一八年に鈴木三重吉が創刊した児童雑誌「赤い鳥」だろう。

創作という意味での「童話」の時代の代表的な作家は、小川未明や浜田廣介《はまだひろすけ》、宮沢賢治、新美南吉らである。小川未明の作品について、古田足日《ふるたたるひ》は、「分化したことばを使って、その指示・限定とは逆に、ことばの意味をふくらませ、指示物に感情を吹きこんだ。」としたが（「さよなら未明」一九五九年）、「童話」は、詩的、象徴的な言葉で心象風景を描くことを得意とした。未明自身は、「童話」を「わが特異な詩形」と呼び、自分の「童話」は「むしろ、大人に読んでもらった方が、却って、その意の存するところが分る」とも書いている（「今後を童話作家に」一九二六年）。

小川未明に代表される「童話」の詩的性格や、それが子ども読者を置き去りにしたことについては、一九五〇年代に批判、克服の動きがあった。五〇年代のこの議論を踏まえて、より散文的なことばで子どもをめぐる状況（社会といってもよい）を描く「現代児童文学」が成立する。だが、その後も、「童話」の方法は、立原えりか（『木馬がのった白い船』一九六〇年など）、安房直子《あわなおこ》（『風と木の歌』一九七二年など）、あまんきみこ（『車のいろは空のいろ』一九六八年など）や斎藤隆介（『ベロ出しチョンマ』一九六七年など）、今江祥智《いまえよしとも》の一部の作品（『ぽけっとにいっぱい』一九六一年など）らの作家に残ることになる。

童話から児童文学へ

一九五〇年代の議論は、「童話伝統批判」と呼ばれる。太平洋戦争が日本の敗戦によって終結したのが一九四五年だから、五〇年代は、戦後間もない時代だ。この時期には、国家や経済の体制の変革をはじめとして、社会のさまざまな場所でいろいろな見直しが行なわれたが、子どもの文学も、その例外ではなかった。戦後という新しい現実の中で、子どもたちに向けて何をどのように書いたらよいのかが模索されたのである。子どもたちに新しい文学を、と考えたとしても、無から有を生むことはむずかしい。だから、「童話」の時代の代表的な作家たちの作品や、文学観、子ども観を批判的に検討する中で、新しいものを探り出そうとしたのだ。

議論の口火を切ったのは、一九五三年の「『少年文学』の旗の下に！」だった。早稲田大学の学生サークルである早大童話会がその機関誌に発表したマニフェストである。この時期の早大童話会には、やがて評論家、研究者、作家として自立していくことになる鳥越信《とりごえしん》、古田足日、神宮輝夫、山中恒《やまなかひさし》らが所属していた。彼らは、「童話精神」から「小説精神」への転換の必要を高い調子で述べたのである。これがきっかけになって、近代童話の見直しの動きが起こり、早大童話会のメンバーばかりではなく、既成作家も、外国児童文学の事情にくわしい翻訳家や編集者も、戦時下に『少年倶楽部』などに掲載された大衆児童文学に熱中した経験をもつ論者も、議論に参加していく。議論は、評論や研究論文を書き合う形で展開していった。五〇年代の「童話伝統批判」の中で動いていた問題意識は、当時のキーワードを使って整理すると、つぎの三つになるだろう。

①「子ども」への関心――児童文学が描き、読者とする「子ども」を生き生きしたものとしてとらえ直す。

②散文性の獲得――「童話」の詩的性格を克服する。

③「変革」への意志——社会変革につながる児童文学をめざす。

五〇年代の議論をふまえて、「童話」の時代とはまったくちがうタイプの作品、佐藤さとる『だれも知らない小さな国』や、いぬいとみこ『木かげの家の小人たち』が登場したのが一九五九年だった。ここに現代児童文学が成立する。

詩的、象徴的な言葉で書かれる「童話」は、一つの語がさまざまな意味やイメージを背負うことになるから、作品は、長編にはならない。ちょうど詩が長編の詩といっても、それほど長くはないのと同じようにだ。「童話」は、すべて短編であり、掌編である。一九五九年に出発した現代児童文学は、「小説精神」や散文性を獲得しようとした結果、基本的に長編の形をとることになる。現代児童文学は、子どもをめぐる事件がこのようにして起こり、そして、こうなってこうなって……というふうに書いていくから、いくらでも長くなるシステムの中に投げこまれてしまった。（一九七〇年代になると、灰谷健次郎の『兎の眼』などの『理論社の大長編シリーズ』といった出版物もあらわれる。）

このようにして、日本の子どもの文学は、「童話」から「児童文学」へ、あるいは、近代童話から現代児童文学へと転換していく。この転換や、そのもとになった「童話伝統批判」をささえたモチーフは何だったのだろう。突き詰めていくと、それは、日本の長い戦争とかかわってくると思う。

五〇年代の「童話伝統批判」の中心になった、そのころの若い児童文学者たちは、一九二〇年代から三〇年代前半の生まれで、彼らは、一九三一年の満洲事変から一五年もつづいた戦争の時代に少年少女期を過ごした。戦時下の学校で、この戦争は正しい戦争だ、神風が吹いて日本は勝利する、この国は天皇を中心として一貫した歴史をもっているなどと教えられた世代である。敗戦によって、内なる価値の体系や歴史観が崩壊してしまった、その世代のうちの一群の人たちが児童文学に志すことになったとき、彼らが考えたことは、子どもの文学のなかでも戦争の悲惨を書けないかということだっただろう。そのことによって、戦争を二度と繰り返したくないという願いを子どもたちに伝えることはできないかということだっただろう。

戦争は、社会的な事件だ。子どもの文学で社会的な事件である戦争を書こうとしたとき、小川未明のような詩的、象徴的な「童話」のことばでは、それは書けないと予感したのではなかったか。もっと社会的な事柄が説明できるような散文的なことばを手に入れないといけないと考えたのではなかったたか。このようなことが「童話伝統批判」のなかで明言されたわけではない。戦争を書かなければならないというのは、当たり前で、特にいうことではなかったのかもしれない。ただ、現代児童文学の時代になると、実際に戦争を書いたおびただしい作品が生まれた。そのことから逆算して、「童話伝統批判」のモチーフのありかを探っているのだ。現代児童文学の起点となった一九五九年の『だれも知らない小さな国』も『木かげの家の小人たち』も、戦争体験をふまえた長編のファンタジーであったことを確認しておこう。この年には、学童疎開の体験を書いたリアリズムの作品、柴田道子の『谷間の底から』が刊行されていることも付け加えておく。

小川未明を読み直す場

「童話伝統批判」の議論を小川未明、宮沢賢治、新美南吉の三人に即してさらに具体的にふりかえってみよう。

一九五九年、児童文学研究者の鳥越信が、未明童話について、こう書いた。

「一口でいえば、そのテーマがすべてネガティヴなもの――人が死ぬ、草木が枯れる、町がほろびる等々――であり、その内包するエネルギーがアクティヴな方向へ転化していない点で児童文学として失格である」(『新選日本児童文学1　大正編』解説)

先に述べたように、一九五九年は、現代児童文学が成立した年だ。出発期の現代児童文学の多くは、「アクティヴな方向」をめざしていた。たとえば、六〇年に刊行された、山中恒『赤毛のポチ』、松谷みよ子『龍の子太郎』、今江祥智『山のむこうは青い海だった』の三作品は、それぞれ、ずいぶん趣がちがうけれど、これらから、「世の中は変革されるべきもの、人間は成長すべきもの」という共通の考えを引き出すことができるだろう。山中や松谷の子ども主人公は、自分たちの貧しさを越えようとし、今江作品の少年は、弱気な自分を何とかしようと旅に出る。ところが、その現代児童文学も、二〇年ほどのちには、曲がり角をむかえることになる。

現代児童文学の出発期の諸作品は、作品に描かれた問題と、それを乗り越えていく力をくらべると、乗り越えていく力のほうが強いかのように書かれていた。「理想主義」や「向日性」の文学だったのである。一九八〇年に刊行された、那須正幹《なすまさもと》『ぼくらは海へ』は、困難な現実をのがれて、死へと船出する少年たちを描いた。『ぼくらは海へ』は、問題を乗り越えていく力のほうが強いかどうかわからない、というところで書かれている。

私は、一九八〇年の『ぼくらは海へ』を現代児童文学の変質を示す作品としてきた。その後、八五年になると、身近な人の死など、子ども時代にもある「影」の部分を書いた、森忠明の短編集『少年時代の画集』があらわれる。八〇年代以降の児童文学は、五九年の鳥越信が否定し、長くタブーとされてきた死の問題など、ネガティヴなテーマをむしろ積極的に書こうとしている。

一九九〇年代になると、児童文学／文学のボーダレスということが言われた。本来は子どもが読者のはずの児童文学の読者層の上限があがっていき、児童文学は大人の読み物でもあるようになった（江國香織『つめたいよるに』一九八九年など）。これは、「未分化の児童文学」の再来とも言える。かつて、児童文学評論家・作家の古田足日が、未明童話を「未分化の児童文学」としたのだ。「おとなの文学から完全に分化していない児童文学という意味」だという（古田「内にある伝統とのたたかいを」一九六一年）。

このような状況のなかで、一九五〇年代の議論でとくに批判が集中した小川未明の童話を読み直す場がようやく開かれつつあるのではないか。

賢治と南吉の発見

一九六〇年に刊行された『子どもと文学』は、石井桃子、瀬田貞二、鈴木晋一、松居直《まついただし》、いぬいとみこに、渡辺茂男をくわえたメンバーの五年間の共同討議をもとに、共同執筆された本だ（二〇頁の書影参照）。「童話伝統批判」を代表する書物のひとつである。メンバーは、英米の児童文学や絵本に関する知識の深い人たちだ。その主張と問題意識は、「はじめに」のつぎの部分に明らかである。

「世界の児童文学のなかで、日本の児童文学は、まったく独特、異質なものです。世界的な児童文学の規準――子どもの文学はおもしろく、はっきりわかりやすくということは、ここでは通用しません。（中略）

こうした状態にある、明治のすえから現在までの、つまり、近代日本児童文学とよばれるものが、はたして今日の子どもにどう受けとられているだろうか、また子どもを育てる上に適当なものだろうかということは、いつもこのグループのあいだで話題にのぼっていました。」

この「はじめに」につづく第一部「日本の児童文学をかえりみて」では、小川未明、浜田廣介、坪田譲治、宮沢賢治、千葉省三、新美南吉という六人の作家の仕事に具体的な検討がほどこされる。

未明、廣介、譲治はおおむね否定的に、のこる賢治、省三、南吉は肯定的にあつかわれている。いぬいとみこ執筆の「小川未明」の章では、未明の童話が子どものためではなく、作家の自己表現のために書かれたことなどが批判されている。

とりあげられた六人の作家のなかで、もっとも高く評価されているのが宮沢賢治だ。賢治の章を書いた瀬田貞二《せたていじ》は、「私たちは、宮沢賢治のかなりたくさんの作品が、正しい意味で、子どものための文学であり、それが大人をさえ楽しませることができたのだと信じます。」という。瀬田は、そうする理由として、賢治の作品構成がしっかりしていること、単純でくっきりと目に見えるような描写、それに、そのユーモアや豊かな空想力をあげている。

そして、「宮沢賢治につぐ位置をあたえられるべき人」が新美南吉である。鈴木晋一執筆の南吉の章では、南吉の作品を、「川」「久助君の話」「狐」などの「心理型」と、「おじいさんのランプ」「ごん狐」「花のき村と盗人たち」「牛をつないだ椿の木」「手袋を買いに」などの「ストーリー型」とに分けている。南吉の本領があるとされるのは、「ストーリー型」のほうだ。南吉は、「人生の中にふくまれているモラルとか、ユーモアとかいうものを事件として組みたて、外がわから描きだせる人」だという。

花巻で三七歳で亡くなった宮沢賢治は、没後に文圃堂書店版（一九三四～三五年）、十字屋書店版（一九三九～四四年）、日本読書組合版（一九四六～四九年）、筑摩書房版（第一次、一九五六～

五七年）とつぎつぎと全集が刊行されたり、戦後の国定教科書に「どんぐりと山猫」や「雨ニモマケズ」が掲載されたりしたから、『子どもと文学』が刊行された一九六〇年には、もうよく知られていたにちがいない。そのころは、新美南吉は、まだ賢治ほどの知名度はなかっただろう。『子どもと文学』は、「童話伝統批判」のなかで、賢治や南吉をすぐれたものとして発見していったのである。この評価は、今日にまでつづいている。

「口誦《こうしょう》性」をもとめて

『子どもと文学』のグループの中心人物であった石井桃子は、創作『ノンちゃん雲に乗る』（一九四七年）や『クマのプーさん』の翻訳（一九四〇年）で親しまれた児童文学者である。石井は、一九五九年に「子どもから学ぶこと」と題するエッセイを書いて、「読んでやったり、口で話したりできないお話は、子どもにはおもしろくない」とした。そして、この年に出版された、佐藤さとるの『だれも知らない小さな国』を「日本の創作童話にめずらしい筋の通ったファンタジー」としながら、実際に読み聞かせてみると、「佐藤さんが、念を入れてコロボックル（という小人——宮川註）の出てくる山を、春秋夏冬にかえて、その情景を描写しているあいだ、子どもたちは、モゾモゾとからだを動かし、ひとりは、そっと出てゆきました。」と述べたのである。

『だれも知らない小さな国』刊行直後の批評だ。石井桃子は、読み聞かせをとおして作品を批判したが、佐藤さとるのほうは、黙読で物語を楽しむ十代の子どもたちを読者として意識していただろう。ここには、日本の子どもの文学の分れ道がある。音読する「声」とわかれた、佐藤さとる以降の現代児童文学は、読者層の中心を年上の子どもへと移動させ、黙読される書きことばとして緻密化していく。そのことによって、さまざまな主題を深めることにもなったのである。

現代児童文学は、子どもに読んであげる「声」、子ども自身が音読する「声」とわかれてしまったけれど、かつて、新美南吉は、こう述べていた。

「私には紙の童話も口の童話も（創作童話も口演童話も――宮川註）同じジャンルだと思われる。紙で読んで面白くない童話は口から聞かされても面白くない。口から聞かされてつまらない童話は紙で読んでもつまらなくない筈《はず》がない。」（南吉「童話に於ける物語性の喪失」一九四一年）

石井桃子につながってくる考え方だ。南吉の童話は、この考えどおりに、「口誦性」が豊かだ。「口誦」とは、声に出して文章や詩歌を読むこと、口ずさむことで、辞書にものっていることばだが、「口誦性」は、もしかしたら、私の造語かもしれない。南吉だけでなく、未明や賢治の童話も、声に出して読むことを引き出してくる。現代児童文学は、音読の「声」とわかれてしまったから、ここにも、「童話」を見直す観点があるだろう。

そして、宮沢賢治の「注文の多い料理店」や「雪渡り」や「やまなし」、新美南吉の「ごん狐」や「手袋を買いに」は、小学校の国語の教科書に長く掲載されてきた。小学校にかぎらず、日本の国語教科書は、いろいろな短い文章を寄せ集めて編集される。前に現代児童文学の長編化ということをいったが、現代児童文学の長さでは、教科書にのせられない。小学校の国語教科書にのっているのは、短編のかたちをもつ「童話」や、現代児童文学のなかの「童話」的な作品だ。こんなふうにして、「童話」は、現代児童文学が果たせない役割をつとめたりもしている。（このあと、小川未明を読む鼎談に登場してくださる杉みき子さんも、短編の名手で、多くの作品が教科書に掲載されてきた作家だが、杉さんは「童話」的とはいえないかもしれない。くわしくは鼎談参照。）

……だんだんに「童話」を読み直す道がついてきたような気がするのだが、どうだろう。

本書では、先に私が編集した『名作童話 小川未明30選』『宮沢賢治20選』『新美南吉30選』によって、「童話」を読み直すことをくわだてた。それぞれ、おふたりが読んでくださり、そこに私もくわわっての鼎談を三回繰り返した。鼎談の場所は、小川未明のふるさと新潟県・高田、そして、東京、新美南吉が生まれ育った愛知県・半田……。

さあ、『名作童話』を読む鼎談をはじめよう。

（付記）本稿は、『名作童話』三冊巻末の「童話紀行」と一部内容が重複することをおことわりします。

鼎談・『名作童話　小川未明30選』を読む

栗原　敦／杉みき子／宮川健郎

高田で小川未明を読み直す

『名作童話　小川未明30選』を読む鼎談は、二〇〇九年八月二日、新潟県上越市の小川未明文学館で行った。小川未明文学館は、市立高田図書館のなかにあり、高田図書館は、蓮の花の咲く高田公園のなかにある。

鼎談参加者のおひとりは、杉みき子さん。小学校五年生の国語教科書に長く掲載されている「わらぐつの中の神様」などで知られる児童文学作家だが、未明の出身地である高田で生まれ育ち、高田で暮らしながら書いてきた。そして、杉さんは、高田で小川未明を読みつづけてきた方でもある。

もうひとりは、栗原敦さん。実践女子大学教授で、宮沢賢治や近現代詩が専門だが、二〇〇六年に創設された小川未明文学館の企画や運営に文学研究の専門家として関わってこられた。

小川未明の童話は、太平洋戦争後の一九五〇年代、戦後の新しい子どもの文学のあり方を模索していた当時の若い児童文学者たちによって、きびしく批判された。未明童話を中心とする「童話伝統」への批判を通して、日本の現代児童文学が成立していく。鼎談は、おふたりに宮川がくわわって、「童話伝統批判」から五〇年後にあらためて未明童話を読む機会になった。二一世紀はじめの風景の中で、未明童話は、どのようなものとして読み直せるのだろうか……。（宮川健郎）

鼎談・『名作童話　小川未明30選』を読む

夏の高田

宮川　僕は昨日から来ているんですが、栗原さんは、先ほど高田駅に到着されました。栗原さんは、こちらは久し振りですか。

栗原　そうですね。去年の秋に来て以来です。

宮川　夏においでになったことは？

栗原　ありますが、だいたいこんな天気だった気がするんですがねえ。でも今年はとくに天気があまりよくないというか。

杉　今年は梅雨が長引きましたからねえ。

宮川　去年は『名作童話　小川未明30選』の巻末に文学紀行を書くために八月に来ましたが、暑かったですよ。たまたまここから駅まで歩いてしまって、辛かった。

栗原　夏も湿り気が多いんじゃないですか。海が比較的近いせいでしょうか。冬はもちろん雪があるでしょうし、一年中湿り気が多いのかな。

宮川　冬に差しかかる頃に、もう一度訪れたんですが、かなり違った印象があります。ずいぶん空が低くなっていて。でも雪は少なくなったといいますよね。

杉　本当に。「雪国の面目いずこにありや」という感じです。今年なんか、ほとんど降らないんですもの。測候所で観測するようになってから初めてだか二回目だか、というぐらい雪が少ない年でした。あんまり少なくても困りますよね。

宮川　風土がずいぶん変わってしまうでしょう。

栗原　二十何年も前ですが、僕が金沢大学にいたとき、冬にはよくここを通ったのですが、この辺は雪の壁でした。

未明童話の「あこがれ」

宮川　本当は、お二人にそれぞれ未明童話の中から三十編選んでいただいて私のものと比べると、違いや重なりが見えて面白いのですが、それでは大がかりになってしまうので、恐縮ですが、私の30選*から「ベスト3」を選んでご披露いただけるとありがたいのですが。

栗原　これも悩みます。いくつか基準を立てて考えることばかりをしてきたせいで、幼年向けとか、高学年向けとか、単に読者として好きだとか。自分の中で基準が乱れるんでしょうか。やっぱり代表作といわれると三つ、四つを超えてしまいます。

一応、「牛女」「野薔薇」「負傷した線路と月」「二度と通らない旅人」をあげてみます。弁明を加えると、好きな作品は、「山の上の木と雲の話」「月夜と眼鏡」。また、「港に着いた黒んぼ」も好きです。議論する話題として引っ張り出したいなというのは「はてしなき世界」と「黒い人と赤い橇」。「赤い蠟燭と人魚」はあまりにも有名なのでつい選からはずしちゃったんだけれど、悪いといってるわけじゃありません。自分でも困って弁明を加えました。

宮川　選ぶレベルがいろいろありますからね。杉さんもお願いします。

杉　私も本当に恣意的でしてね。未明と同じこの風土に生きた人間と

***私の30選**
赤い船／眠い町／金の輪
牛女／時計のない村
殿様の茶碗
赤い蠟燭と人魚
港に着いた黒んぼ
酔っぱらい星／野薔薇
気まぐれの人形師
大きな蟹
山の上の木と雲の話
飴チョコの天使
はてしなき世界
千代紙の春
黒い人と赤い橇
月夜と眼鏡
島の暮方の話
ある夜の星だちの話
負傷した線路と月
雪来る前の高原の話
三つの鍵／兄弟の山鳩
月と海豹／小さい針の音
二度と通らない旅人

して、子どもの頃から今に至るまで強烈なインパクトを与えられている作品としてあげました。

一番目が「山の上の木と雲の話」、二番目が「大きな蟹」、三番目が「野薔薇」。そのほかにやはり「赤い蠟燭と人魚」は外せませんね。「とうげの茶屋」は最近気になり始めました。

宮川　ちょっと打ち明け話なんですが、今回編集した三冊は、作品の選び方をあえて変えているんです。

宮沢賢治はいろんな作品集が出ているので、わざわざ出すなら違う感じが欲しいと思って、僕も恣意的に、かなり角度を付けて選びました。しかし、未明は現在あまり本がないので、それをやるとかたよりすぎるかなと。大人のためのアンソロジーとして出すので、これまでに文庫本として刊行された未明童話集の目次を参考にして、ある程度みんなが大事な作品と思ってきたものを入れましたので、わりとスタンダードなものになったと思います。南吉は未明と賢治のちょうど間くらいの感じで選びました。

「山の上の木と雲の話」をお二人ともあげてくださっているんですけ

酒屋のワン公
ナンデモ　ハイリマス
とうげの茶屋

ど、これ杉さんは第一に選ばれていますが。

杉　これは五年生のときに初めて読んだんですけど、改造社の大きな*『現代日本文学全集』の「岩野泡鳴・上司《かみつかさ》小剣《しょうけん》・小川未明集」で読んだときに「あ、これ*金谷《かなや》山《さん》だ」と即座に思ったんです。条件はずいぶんと違うんですよ。

　金谷山は私たちにとってごく身近な、一〇〇メートルほどの小さな山で、市民の憩いの場になっているような場所です。作品の山は、人里離れたけものさえ登って来ないような寂しいところで、寂しいところだからあの作品が成り立つんですけれど。そんなふうに条件が違うにもかかわらず「あ、これ金谷山だ」と思ったんですね。木は何の木だとも書いてないんですが、私は大人になるまで杉の木だと思い込んでいました。金谷山に登ると、目の下はずっと杉の林なんです。私もペンネームに使うほど杉が好きなものですから、直感的に杉だと思い込んでしまった。この作品を読んでからは、金谷山に行くたび、「あ、ここの風景だな」と思って眺めていました。

　この話の中で、一度夕焼け雲を見てそれを忘れられない木が、旅の

＊『現代日本文学全集』
「円本」と呼ばれる、昭和の初めに刊行された大量生産、廉価販売の全集の一つ。全三八巻。一九二六年刊行開始。「岩野泡鳴・上司小剣・小川未明集」は、第二三編（巻）、一九三〇年刊行。

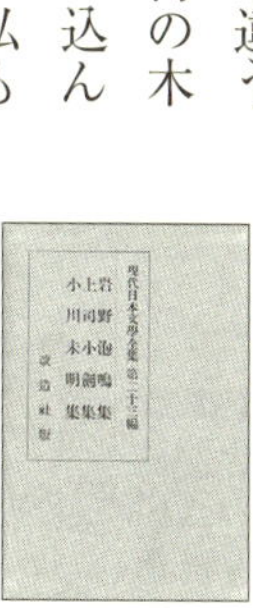

＊金谷山
上越市内。見晴らしがよく、日本スキー発祥の地として知られる。

鶫《つぐみ》が通ったときに「こんな雲を見ませんでしたか」って聞きますよね。そうしますと鶫が、

「あ、見ましたよ。それは、ここからは、たいそう遠い所であります。海を越えてあちらの賑やかな都会でありました。ある日の晩方、私は、その都会の空を、急いでこちらに向かって旅をしていますと、ちょうどあなたのおっしゃる美しい雲が、都会の空に浮かんでいました。下には、尖った塔や、高い建物が重なり合っていて、馬車や、自転車などが往来の上を走っていました。そして、街の中は、たそがれかかって、灯火が、ちらちらと水玉のように閃いていました」

と、言うんですね。その風景が本当に見える気がしたんです。

金谷山に登りますと、高田や直江津の市街を越えて向こうに日本海が見えて、その上に雲が見えます。そういう風景が普段でも心に染みついてしまってるんですね。もちろん、実際に金谷山に登ったって、実際に見える風景はそれだけなんですけど、金谷山で遊んで家に帰って思い返してみると、実際の景色以上に、この鶫の語る風景がぱーっと目の前に浮かんできて。繰り返し繰り返しそう思いながらこの土地

で成長してきましたので、私はそこから何かエネルギーをもらっているという感じなんですね。

未明の童話の中で私のとても好きな要素に「あこがれ」というのがあります。この木の気持ちというのは本当に「あこがれ」だと思います。

この話では、最後にまだ雲とめぐり会うことができないで、「まだ、夏がめぐって来るには、長い間があったのです」と結ばれていますね。それと同じような気持ちになって、いつか私も、あこがれている遠いところへたどり着きたい、そのあこがれの気持ちがずーっと自分の中で成長してきている。今も、そういう気がするんですね。そんな思い入れがあるものですから、私の作品[*]にもちょいちょい拝借しましたが、とくに別格に大好きな作品です。

栗原　僕も同じような感じを受け取ったんだと思います。
先ほど「はてしなき世界」を話題にしたいとあげておいたんですが、底にかようところがあって、やはりこう美しい、美という言葉で済ませたくないんだけども、美しいものというのを、たった一回の出会い

＊私の作品
『金谷山ものがたり』（上越タイムス社、二〇〇四年）『白い花のさく木』（金の星社、一九七八年）ほか。

でわかってしまうわけですよね。それを永遠に思い続けるようなことっていうのは、おそらく、未明の書きたかったこと、根っこにあるもの、「あこがれ」ということの本当の意味をもっとも典型的に深いところで純粋に示している感じがします。

　こういうものを掴んで出せる人は本物だと思っているんです。未明*の詩集に収録されている詩のことは時代のせいか、また別扱いにするとして、とにかく未明の詩人としてのセンスが「山の上の木と雲の話」には非常によく出ていると思います。これがすべての原点という感じがする、本質的なものを感じるし、そこが好きでもあるんです。代表作としてあげていいかどうかと迷ったものですから、さっきは、自分の好きな作品として言い換えたんですが。

杉　春日山の「雲の如く」*の詩碑の裏に坪田譲治*さんが撰文を書いていらして、「明治三十年代、未明先生はこの山上にあって、空想し瞑想し憧憬する孤独な少年であった」とあります。坪田さんはさすがによく知ってらしたなって感じがします。

宮川　童謡詩人で童話作家の佐藤義美*さんがおっしゃったそうですけ

＊未明の詩集
『あの山越えて』（尚栄堂、一九一四年）

＊「雲の如く」の詩碑

＊坪田譲治さん
一八九〇〜一九八二年、岡山県生まれ。小説家、童話作家。『坪田譲治全集』全一二巻（新潮社、一九七七〜七八年）がある。早稲田大学文科予科に入学した一九〇八年頃、同級生の生田蝶介（歌人、小説家）の紹介で小川未明を知る。のちに、未明の「青鳥会」に参加。

れども、童話とは原理を語るものだと。*古田《ふるた》足日《たるひ》さんの文章で紹介されている話なんですが、古田さん自身は敗戦を迎えたときにすべてを失ってしまった軍国少年だったんだけど、戦後、童話に出会ったということが、戦争中自分を突き動かしていたものとは違う何かに出会ったことなんだ、と言っているんです。

今回三冊を編んでみて、童話は「感情の原型」みたいなものを掴まえることができる、小説はそうじゃないかもしれないが、童話は「感情の原型」を掴みとることができるって思ったんです。先ほどの杉さんのお話は、小学五年生のときに、未明が掴まえた「あこがれ」というものを非常にはっきりとした輪郭のものとして受け取って、それが杉さんの中でずっと生きている。

それでは、「大きな蟹」についてはどうなんだろうって聞きたくなってきたんですが。

受け入れる運命

杉　それも自分に引きつけての話なんですが、これは大人になってか

「青鳥会」は、未明を中心とする文学研究の会で、機関誌「黒煙」を刊行。（四九頁参照）

＊佐藤義美さん
一九〇五〜六八年、大分県生まれ。詩人、童話作家。童謡「いぬのおまわりさん」（大中恩作曲）などで知られる。『佐藤義美全集』全六巻（同刊行会、一九七四年）がある。

＊古田足日さんの文章で
古田足日「現代児童文学史への視点」（『講座日本児童文学』第五巻、明治書院、一九七四年所収）には、佐藤義美の言葉が紹介されている――「彼は、童話は一つの事件を書くものではなく、いく

ら読んだので、大人の気持ちで引き込まれたという気がします。

まだ春のほんの浅い頃、冬が終わろうとしている頃、老いた人が一歩一歩、さらに老いに引きずり込まれていく状態が、そのときの雪国の状態とうまく重ね合わされて描かれていると思うんです。

エッセイの中に「冬から春への北国と夢魔的魅力」*というのがあって、文字通り冬から春への北国の様子が綴られているんですけれど、これが「大きな蟹」に描かれている状況にピッタリなんですね。このエッセイも大人になってから読んだので、本当にこの通りだな、と思いました。雪国の冬から早春というときの、まあうれしいんだけれども、何となく本当だろうか、これでいいんだろうかという不安な感じがあるんですよね。それを本当にうまくとらえているなあと。

おじいさんが、出て行くときは元気に出て行くんですけれど、途中で道に迷ってしまい、変な男たちに誘われて、お酒を飲んで蟹をおみやげにもらって来ます。その変な男たちっていうのは、死の国からの、あるいは異界からの誘いなのかなあ、と思いました。大きな蟹というのは、形骸だけがあって、精神的にはどんどん衰弱していく人間の魂

つもの事件に共通するものを取り出し、新しいかたちを与えて書かなければならないから小説より大変だ、『童話は原理だからね』といったのである」。古田の敗戦と戦後の体験については、「実感的道徳教育論」(『児童文学の思想』牧書店、一九六五年)も参照のこと。

古田足日は、一九二七年、愛媛県生まれ。児童文学作家、評論家。『全集古田足日子どもの本』全一三巻、別巻一(童心社、一九九三年)など。

***「冬から春への北国と夢魔的魅力」**『定本 小川未明小説全集』(第六巻、講談社、一九七九年)所収。

なのかなと考えたりしました。

　太郎が、おじいさんが帰って来る前に夢を見ますよね。おじいさんが白い汚れた鳥に乗って帰って来たという。その汚れた鳥というのは、もうそのまま「残雪」という感じなんですよね。雪は美しいんですが、春先にかけての汚れ方というのは本当に凄まじいものがある。そういう尾羽うちからした存在になっておじいさんが帰って来る。帰って来たらとぼとぼとしてしまって、あけて見た蟹は空っぽだと。おじいさんも、中身がなくなってしまって、春にはぼけたようになってこたつにばっかりあたっている。これは私の身の周りにいた年寄りたちの姿そのままなんです。ひと冬越すと老人はどっさり弱ってしまう。「ああ、未明さんはよく見ているなあ」と。

　それでも、太郎がまだ起きていたときに見た蠟燭の風景、それと最後の土筆の場面が重なり合って見えるわけですが、そこは、消えてしまいそうな、消えてしまった老人の心と身体が、これから伸びていく土筆、太郎の生命力に変わって出てきているんじゃないかと思います。

　そうするとこれは、雪国の人の、衰えてゆくけれどもその生命が受け継がれていくということの象徴になっているんじゃないかと。そんなふうに大人になってからあれこれ解釈して、忘れられない作品になったというわけです。

栗原　私も好きな作品です。鳥の白い羽根というのが残雪であるというのはちょっと考えられなかった。今言われて教えられた気がしました。好きな点は、小川未明の童話が（一般の童話でもそうかもしれないけれど）、孫のような子どもとおじいさんかおばあさんが直接つながっているというのがけっこう多いところですね。

生涯の終わりを控えたおじいさんがぼけたようになっていくきっかけになったような出来事があるんだけれども、今杉さんが言われたとおり、その事件だけが原因ではなくて、老いていくことはそういうふうになることである、ということです。宮川さんの『30選』の解説にも出てきたような気がするんですが、いわゆる生命の循環というよりはもう少し人間に即したことですね。子どもが何もかも知るようになっていって、それから年老いたものがこういうふうに呆けたようになっていくっていうこと、これは避けがたい運命なわけでしょう。こういうどこかで受け入れなければいけない運命のめぐりというものに小川未明がちゃんと向き合っているということが表われている。

別に運命に負けてくじけて従っているということを言っているんじゃないんです。近代の私たちは自我を主体にして自分を大事に生きなければいけない。だけどそのことがあまりにも勝手気ままにできるかのように錯覚しやすい。けれど本当はもっと大きな循環の中にいるのだから、それとどこかで折り合いを付けながら従うものだっていうことがここでの前提になっている。

未明文学館で。杉さん（中央）、栗原さん（左）と。

小川未明の作品の中には、それが人生訓のような形で出てくるものはなくて、広い見渡しといったもので何か感じさせる。だから、ほのぼのではないんだけれど、それが当然であるという感じになる。たとえばこの大きな蟹のこと、お父さんたちが確かめて、食べようと中を見たら空っぽで、という滑稽と言えば滑稽なんだけれども、けっしてむなしいって感じではない。なんか「ふーん」という感じで肯定的に受け入れさせる。そこが面白い。

杉　受け入れる運命ということ、やっぱり雪国独特の感じ方かもしれないですね。雪国の人っていうのは、雪が降って困るね、困るねと言うんですが、でも、雪がなけりゃいいとは思わないんですよね。雪下ろししない程度に降ってくれ、まったくなければ物足りないと。

よその地方の人に言わせると、なんでそこで我慢しているのか、もうちょっと積極的に雪を少なくする、立ち向かう努力をしたほうがいいんじゃないかと言うんですけれどね。今は除雪機構が発達してちょっと事情も変わってきましたが。とにかく無理をしてまで自然に逆らおうと思わない。ある程度はしのいでいかなければならないが、もうこの土地はこういうもんなんだから、その中で何とか生きていこうという気持ちでしょうか、諦念半分なんだけれども、諦めではなくて、その中で自然に従いながら生きていくという。うまく言えないんですけれども、そういう気持ちっていうのは自分自身の中にもありますね。

その中で明るい面を少しでも見つけ出しながら生きたいなと。
　未明の場合は、時代も違うんで、少し暗すぎるかなという気がしないでもないんですけど、やっぱりそういう風土に生きる人間としての共通点に惹かれますね。

宮川　僕は正直、変な話だなって思っていました。大きな蟹なのに中身が空っぽって「えーっ」ていう感じがする。変な話なのに、不思議と心惹かれる。杉さんの読み方を伺って腑に落ちる感じがありました。でも未明は本当に象徴的に書いているわけで、よくこういうふうに書けるもんだなあって。近代の普通の作家と違うところがこういう書き方の中にあると思うんですけども。

栗原　本当にそうですね。
　ちょっと飛躍するかなと思いますが、「赤い蠟燭と人魚」もね、人魚の赤ちゃんを育てる蠟燭屋さんの夫婦がよそから来た香具師《やし》にだまされ、欲に目がくらんでそれまでの気持ちと違うようになっていく。そうするとまず普通の近代的な考えでいけば、一番先に罰せられるのはこの老夫婦ですよね。もちろん香具師もですが。ところが、まあ確かに最後のほうは、繁盛していた神社もうらさびれて、海岸も寂しくなって、町も滅んでしまうから、ある種の因果応報になっていないわけではないんだけれど、老人夫婦に焦点を合わせて罰する形はとられていないですよね。罪と罰が整合的でないというか、直結するような原理で片づけない。もう少し大きい広がりの中で理由づけして書き上げているというか、おじいさん、おばあさんの心が曲がってしまったためにそれを引き起こしているんだけど、直接おじいさん、おばあさんをそのまま非難することはないんですね。

そういう考え方が出てくる理由は何なのでしょう。私が不勉強なだけで、小川未明の先行研究には有力な答えがあるのかもしれないですね。いい加減ではなくて、今の私たちが忘れてしまっているもっと大きなものの見方がベースにあるに違いないと思います。それをうまく言えたらいいんですが。説明しにくいのだけれども、それが小川未明の魅力ですね。

宮川　そうですね。

栗原　おじいさんたちに直接関わる形ではなくて、もっと大きな何かで悲しみはあるんですよね。悲しみや厳しい批評はあるんだけど。もっと何か……。

宮川　罰せられているとしたら、人間界そのものですよね。人魚は人間界に大きな期待をかけたわけだけれど。

杉　私が小学校二年生で読んだとき、もちろんそういう理屈はわからなくて非常に怖いお話だって思ったんです。あくる日学校で友達に「怖いお話してあげる」という前置きで紹介したんですけどね。とくに最後の場面の嵐の晩に、誰も持っているわけでもないのに赤い火が揺れている、あそこが非常に印象に残って。

　少し大きくなってから、未明はあそこを書きたくてこのお話を考えたんじゃないかなって思いました。乱暴な言い方ですけどね。私だったらそんなふうに物語を書くことがあるなって。もちろん、未明には、ほかに大事なテーマがあったに違いないんですけど、一つは最後の場面、素晴らしいあの場面を書きたいためにそこまでの話を続けてきたんじゃないかとも思いましたね。これは私のほんとに勝手な勘ぐりです。でも、未明童話の魅力には、ストーリーと直接にはあまり関係ないところでの美しさや強烈さも一つあるんじゃないかなと。
　私は、私自身一つの場面を生かしたいがために物語を付け足しちゃうことがあるものですから、繰り返しになりますけど、未明もそういう気持ちが部分的にはあったのかもしれないな、と思いました。

宮川　これは僕の勝手な推測ですが「大きな蟹」はわりと早く書けたんではないかって気がするんです。別に呻吟しないで、一筆書きのように、自分の中にある象徴的なイメージをさっと掴まえることができたんじゃないかって。それがうまくいかないときもあるんですけど、「大きな蟹」はそれがうまくいったんじゃないかって思います。

杉　これは本当に余談になっちゃうんですけど、岡本綺堂《きどう》*に「蟹」という怪談があるんです。
　蟹がとっても好きなお金持ちがいて、あるときたくさんの蟹でお客人にごちそうしようと蟹をそろえたんですね。ところがお客人が一人増えて蟹が足りなくなる。家の者に「蟹をそろえろ」と命じます。なかなかなかったんですが、そこへ一人の小僧がやってきて蟹を買ってくれと言います。間に合わせでそれを買って客に出そうとしたところ、

＊岡本綺堂
一八七二～一九三九年、東京生まれ。劇作家、小説家。戯曲「修善寺物語」、小説「半七捕物帳」など。「蟹」は、『青蛙堂奇談』（春陽堂、一九二六年）の一編。現在は、結城信孝編『岡本綺堂怪談選集』（小学館文庫、二〇〇九年）で読める。

客の中に占いをよくする人がいて、「この中に悪い蟹がある」と言う。試しにその蟹を犬にやってみたら死んでしまった。

あくる日、その変な蟹を売りに来た小僧はどこのものだということで召使いが海のほうに捜しに行くんですが、なかなか見つからない。あそこで見かけたぞという噂をたよりに行ってみると、人らしき影がいて、駆け出して追って行くと、その人影もろとも、海にずーっと引き込まれるように落ちてしまう……。そのあと怪しい出来事が次々に起こっていくという怪談なんです。おかしな蟹を買わされて、どこで手に入れたんだと捜しに行くがどうしても見当たらないというこのあたり、ストーリーの中の一部が似てるなと思いましてね。もしかしたら綺堂の作品にヒントを得たのかなという気もするんですけどね。

宮川　ヒントかもしれないし、無意識のうちにイメージの交流があったのかもしれないですね。では、続けて杉さんの選んでくださった「野薔薇」についてですが。

「すぐれた作品」を鑑賞できるか

杉　やっぱり自分に与えた影響という点から選びました。作品としては本当にかっちりと決まっていて、内容も構成も非の打ち所がないお手本みたいなものだと思います。これは五年生のときに読みました。そのときはそんなに感動しなかったんです。ただこういうお話か、と思い、文章がきれいだなと思う程度だったんです。一九四一年、太平洋戦争の始まる直前でした。

ただ、その中でわからないことがあって。大きな国と小さな国が何かの利益問題から戦争を始めました、と書いてあるんです。それがわからなかった。というのは、当時の私たちは、日本のような正義の国が、当時の中国みたいな正義じゃない国（と教え込まれていた）を懲らしめるのが戦争だと教えられて、信じ込んでいたわけですからね。利益問題というのがそこに絡むというのがわからなかった。当然結末のところの、戦争のために友情が引き裂かれて、一人は死んでしまう、その「戦争のために」というところがわからなかったんです。そこが頭に入らなくて、ただ上っ面のストーリーだけを追っていた。
ところが戦争が終わってから読み返しまして、ああ未明はこういうことを言っていたのかとわかりました。一つ一つの言葉がそのときに強烈に心に入ってきて。のちに『戦争に対する戦争』という本に収録されたという話も聞いて、本当に目を開かれた思いがしましてね。戦争中は「見れども見えず」みたいな状態に置かれていたわけで、そういうところが非常に恐ろしいなと。どんなにすぐれた作品でも、根本に教えられたことが間違っていたら、ちゃんと鑑賞できないということが、強く印象に残ったものですから、そういうことを含めて、この作品は忘れられないですね。

宮川　「野薔薇」は栗原さんもあげていらっしゃいます。

栗原　やっぱり完成度が高い作品だと思います。そういう意味ではずせませんでした。
大正九年でしたか、実際いちばん平和主義の時代に、時代の雰囲気には合って書かれているんだけれど、けっしてその時代だからっていうんじゃなくて書けている。日本の本土では国境を接するということがないわけだから、そういう設定で書いていることが貴重ですね。日清・日露の戦争、韓国の併合などを踏まえて、その後の歴史を予見するみたいですね。そして一方の青年が死んでしまう。二人の日常的な場面をずーっと物語が運んでいる、でも最後、ここまで普遍的な象徴を重ねているっていうところがすぐれている。

宮川　栗原さんが最初にあげられたのは「牛女《うしおんな》」でしたよね。

栗原　これもよくできている、完成度が高い。タイプは違うけれど、宮沢賢治の「虔十公園林《けんじゅうこうえんりん》」みたいな、少し時間のスパンが長く取られている。「虔十公園林」というのは虔十さんという人が亡くなって、そこにいた子どもたちの一人が成長して博士になって帰って来て振返るんですが、「牛女」では彼女の息子が町を出て行って成長して帰って来て成功するという、違うと言えば違うんだけど、なんかそういう時間的なスパンがよくわかるように書いてありますしね。

また、この辺が今は書きにくいんでしょうが、かつては障害のある人たち、ここでは、牛女ですが、彼女をそれなりに扱うし、彼女が亡くなったあとに地域の人たちが子どもを支えて育てるわけですよね。

そういう関係がありうるなとうなずけるように書いてあって、やっぱり代表作なんだろうなあと思ったんですがね。

宮川　こういう話題をよく書いたもんだなあという気もしますね。

杉　当時はあんまり気にしなかったんでしょうね。

栗原　大きな人を牛にたとえるなんてことも、現在はもうちょっと書きにくいでしょうね。

杉　私も完成度が高い作品だと思います。ただ気になるのは、これと似た言い伝えが実際にあるというんです。はっきりはしないんですが、ここではなくて魚沼のほうだったかな。もしそういう原形みたいなものがあるなら、どこら辺まで未明の脚色が入っているのか、そこがちょっと釈然としないんです。

栗原　類話がありそうですよね。雪解けやこういう親子の話なんてね。

宮川　言い伝えになりそうな話ではありますよね。

取り返しが付かないということ

宮川　「負傷した線路と月」についてはどうですか。

栗原　これはね、一つは、あまりカルチュラルスタディーズふうに言うわけではないけれども、鉄道ものというか、文明が人々のところに入っていって、遠くにあるもの同士を一つに結びつける関係を明示することと、その役目を背負うものへの視線が生む面白さです。こういうのは未明のほかの童話にも小説にもあったと思うけど。まさにアンデルセン*にも月が語り手として使われていますね。

もう一つは、「赤い蠟燭と人魚」とは別なのかもしれないけれど、普通の筋道ではつながっていないところがある。レールが苦労して責任を追及したくて傷つけたものが何なのか調べてもらうが、行き着いたら貨車のほうも傷ついていて、誰が悪いのかわからないということになってしまう。そして突然最後にかわいらしい赤ん坊が出てきて喜んで笑っていた、で終わる。こういうふうに飛躍するんですよね。

いわゆるストーリー上だとか議論の展開、そういうものにつながっていない。ドンと飛んで終わる。因果応報の結末の付け方とはずれながら、何か大きな視線の転換で結末としている。日々傷ついたり、何者かに虐げられたりしながら、というようなことを象徴する話題なの

＊アンデルセン
アンデルセン『絵のない絵本』は月が語り手。小川未明は、「日本のアンデルセン」と呼ばれる。未明の代表作の一つである「赤い蠟燭と人魚」は、アンデルセンの「人魚姫」と比較されることもある。

にその場に来てそれをひっくり返してしまうような、生きてるっていいことですね、というような終わり方になっている、なんかそれが不思議だなって思うんです。

杉さんが言われたように、この最後が書きたかったのかなあとも思いました。落ちやまとめじゃなくて、成功している。

宮川 「負傷した線路」というのが凄いですよね。

栗原 そうですね。

宮川 「二度と通らない旅人」は、いかがですか。

栗原 これは、取り返しが付かない後悔、ということ。お話としては自分の娘が助けられているけれども。そうなるときのいきさつとして、見知らぬよそ者に対して面倒臭いことに関わりたくない気持ちや排除したい感じ方がある。非常にいじましい、しかし生活者が持つ切ない警戒心も、嫌だなと思いながら、やはりあるわけで、それがよく書けていて。

ところが旅人のことを疑いながらも、最後はちらっと見ただけで受け入れなかったのを後悔する。旅人の善意によって救われたことを知って、周りは「その人は、神様だ」という。父親は自分の薄情を後悔して申し訳なさや切なさに、いつかその旅人が来たら「親切をしたい」と思うが二度と来ない。それってぬぐい去りがたい罪障感となって原罪となってしまう。そういう取り返しの付かない罪みたいなものを抱えながら生きなければならない。病気を助けられた娘さんは幸せに結婚してハッピーエンドなのだけれども、家の人はそういうものを抱えているということを教える。

世間でいうところの童話からすれば酷な話だけれども、人間の真実が書かれていると思います。これもまた小川未明の持っている原点にある感覚で、あるいはこの年代の人たちが身に付けていた正しさの基準みたいなもので、それが生活の中でおばあさんやお母さんを通して、心の根っこに与えられていたのかもしれませんね。小川未明を考えるうえでポイントの一つなのかなと思いました。

杉　私が女学校三年、今でいえば中三ですが、新井（現・妙高市）に住んでいらして、未明夫妻と親交のあった先生がおられました。ときどき未明童話を、読むんじゃなくて語って聞かせてくださる機会がありました。いくつか聞いたはずなんですけど、いちばん心に残っているのは「二度と通らない旅人」でした。

　聞きながら何を考えていたかというと、やっぱり、最後の親たちの罪障感はたまらないだろうなと思いましたね。それと同時に思ったのは、高田近辺の人たちは引っ込み思案で、一度心を許せばいいんですが、知らない人、ちょっと知った程度の人には、とかく排他的になるんです。私なんかもそういう傾向が強かったし、うちだって、そういう知らない人なんかはうかうか泊めたりしませんしね。自分に引きつけてそんなことを考えてました。だけど本当に、こんなふうにあとで取り返しが付かなくなって、後悔することがあるんだろうなって、そのとき中三にもなっていましたから、その程度は思ったような気がします。今でもやはり印象深い作品ですね。

宮川　取り返しって付くこともあるんですけども、付かないまま終わってしまって、相手が亡くなったりもするんですよね。

「小説」と「童話」

宮川　では、少し角度を変えて話をしたいと思います。未明が小説といっているものと童話といっているものと、どこかでつながっているような気もするんですけれども、小説と童話というのが未明の中でどんなふうになっているか、どうお考えになっているか伺っていきたいと思うんですが。

栗原　それがなかなか難しくて。

小説のほうだと「漂浪児」*というのがあります。「作品年表」*で最初に出てくる。行方知れずになった姉のことを弟が語る話です。姉が出掛ける場面とか、それが永の別れになるところなど「港に着いた黒んぼ」を思わせたりします。

小説と童話の違いとしては、たとえば「牛女」の周りの人々は、皆彼女やその子どもに親切ですが、小説では当然ながら強欲な叔父（「物言わぬ顔」*）や、冷たく見捨てる人々を書きます。

村の話や高田の郊外の話が出てくる小説としては、長い自伝的な小

＊「漂浪児」
「新小説」一九〇四年九月。小川未明の師である坪内逍遥の紹介で同誌に掲載された。このとき、逍遥は、「未明」という筆名を与えたという。

＊「作品年表」
紅野敏郎編。『定本 小川未明小説全集』（第六巻、講談社、一九七九年）所収。

＊「物言わぬ顔」
「新小説」一九一一年九月。

＊「麗日」
「東京毎日新聞」一九〇八年四～六月。冒頭に、「私の村は家数三十戸に満たない寂しい村である。杉林が沢山あって、日が射すには射すが何だか暗い自分ながら晴々したこ

説「麗日」*に、年少時代の村の様子を書いています。村の田圃だとか畑だとか、町からはずれたところに森があったりする。それが「僧」*などのように、必ずしも美しいとか素晴らしいとかというものばかりじゃないから、郷土の話として地元では喜んでくれないかもしれないんだけれど、その小説を読んでると、こちらの町中から郊外っていうか、それをほんとによく覚えている、これが当時の高田の郊外の雰囲気なんだなあと思えます。もちろん冬の雪などは当然ですけれど。

それからほかに、そういう場所で、どっかの森の中にばくちをやったり、わけのわからんことをやっている人たちの集まる場所が一つ、二つある。そこに出入りする人たち、没落していく人たちがいる。そういうのが書かれている。

「凍える女」*というのがあるんですが、それは、あるところで夫が遊び人で、あまりうだつが上がらない男だけれど、ちょっとしたお金が遺産かなんかで入って、妻はよくよく考えて、森の中の変な家でばくちに賭ける。結局全部失敗して村にいられなくなって出て行く。それから親戚の人も警戒して付き合わないのだが、やって来れば応対しな

とのない陰気な村である。立派な家は一軒もない。」とある。

*「僧」
「新小説」一九一〇年九月。原題は「稀人」。書き出しは「何処からともなく一人の僧侶が、この村に入って来た」。

*「凍える女」
「三田文学」一九一二年一月。書き出しは「おあいが村に入って来たという噂が立った」。

ければならない。豊かではないから来ると困るなと思ったりしているときのこと、冬になって赤ん坊を背負ってやって来て、昔世話になった老夫婦のところにも立ち寄らず、やはりばくちに行って結局巻きあげられている。そのまま帰ろうとするんですけれど、凍えてしまって峠を越えきれないで戻って老夫婦を頼るが、背中の赤ん坊はすでに凍え死んでいる。

そういう悲劇の話なんですが、明治のいつの頃からかわかりませんが、その時期、村落の周辺でそういったことがあったろうなと思わせるんです。森だとか通り道だとか、よく書かれている。明るくないんですが、人の暮らしの中にある奥行きの深い話です。

これが代表作としてあげられる「薔薇と巫女」*というような作品とは違うようでいて、背景にある場所っていうのが、少し廃れてしまった神社の森であったり、知らないところに巫女が行って、村の人の家や町のはずれの長屋に行ったりして、実はよく重なっているんです。

若い頃の未明が非常に象徴主義的な精神を持って、異空間だとか別空間だとかに惹かれていく構図の元になっている気分だと思うんです。

*「薔薇と巫女」「早稲田文学」一九一一年三月。青葉のしげった村に若い巫女が入ってくる。

それを支えている文化的、地域的気配と感じられるんです。いわゆる描写っていうのを微細に書く人じゃないんですけれども。小説のほうが童話よりはずっと書き込んでいます。で、童話のほうはあんまり細密描写のようなことはしない。そこが宮沢賢治なんかの細密な描き方とは違う。小説ではそれがけっこうあって童話とは違いますね。

しかし、今回童話として選ばれている作品には、ストーリーの展開だとか結末のあり方が繊細で悲しいものが多いですよね。さっきあげた「港に着いた黒んぼ」。これはストーリー的にはファンタジーみたいな感じなんだけど、姉が盲目の弟を待たせて、長い時間お大尽の所に行って、衣服のどこかに宝石かなんか付けていて。その間に何があったかは子どもにはわからないんでしょうけれど、姉がいなかった間に弟がいなくなってしまう。狂っ

「童話にはあまり細密描写がないですね」

たように捜し回る姉の気持ちと、南の島の事情を「黒んぼ」に知らされてもう一人の自分に驚くところなど、あれなんかも童話でしょうけど、まさに小説的な世界観みたいなものに支えられている。

童話のほうで言うと「黒い人と赤い橇」。これは、北のほうの氷の国に出て行った人たちの話。戻らない仲間を助けに行くか行かないか迷いながら、助けに行かざるをえなくなり結局みんな遭難するという悲劇ですよね。その顚末をいつまでも言い伝える。これなんかはその時代時代においてその土地ではけっして越えられなかった何かというものがあるんだという認識の伝承で、まさに戦後の童話のある時期のものと正反対なものですね。

頑張って未来に向かっていかなければならないという主張に対して、諦めているんじゃないけれどそのときそのときには越えられない何かがあるのだ、ということを見つめて書いている。ここにないものだからこそあこがれるというのがとりわけ明治期の小説の典型的なところですよね。街や都会、社会的な課題を含めて大正期になるとだいぶ作風や素材は変わりますけれど、根底にあったものは引き継がれている。

＊今度の特別展
〈つながるいのち「金の輪」・「ものぐさじいの来世」絵本原画展〉二〇〇九年九～一〇月、小川未明文学館市民ギャラリーにて開催。

＊「赤い鳥」
童話雑誌。一九一八年七月創刊。鈴木三重吉主宰の赤い鳥社発行。未明は、童話「月夜と眼鏡」（一九二二年七月）などを発表。

＊「童話」
童話雑誌。一九二〇年四月創刊。コドモ社発行。未明は、童話「善いことをした喜び」（一九二一年一月）などを発表。

＊「おとぎの世界」
童話雑誌。一九一九年四

だから、なんで童話のほうに専念するようになったのかということは必ずしもよくわからないですね。もう少し何作か小説作品での変化を詳しく見ていくとわかるかと思うんですが……。

宮川　今のお話の最後の、どうして童話にいくか、ということなんですが。昨日、この小川未明文学館の学芸員の安田杏子さんと話していたんですけれども、*今度の特別展のときに、文学館の持っている未明童話が掲載された大正期の雑誌を出そうと……。その準備で安田さんがどういう雑誌に書いていたかということを一覧表にしてくださったんです。

　すると「*赤い鳥」とか「*童話」とか「*おとぎの世界」といった子ども向けの雑誌はもちろんあるんですけれども、「*婦人公論」とか、「*早稲田文学」「*黒煙」「*不同調」など……。「赤い蠟燭と人魚」は「東京朝日新聞」だし、「金の輪」は「読売新聞」なんですね。全部童話なんだけれども、発表したメディアがいろいろなんですよね。児童雑誌に発表されたものだけではなくて、大人の読む婦人雑誌とか文芸雑誌、あるいは新聞ですよね。そういうものに掲載されていて、童話と小説

月創刊。文光堂発行。未明は、童話「お爺さんの家」（一九一九年四月）などを発表。

＊「婦人公論」 未明は、童話「殿様の茶碗」（一九二一年一月）などを発表。

＊「早稲田文学」 文芸雑誌。第一次「早稲田文学」は一八九一年一〇月創刊。未明は、一九〇六年一月に刊行が開始された第二次「早稲田文学」に、童話「紅雀」（一九二一年八月）などを発表。

＊「黒煙」 小川未明の愛読者の会として出発した「青鳥会」の機関誌。一九一九年三月創刊。未明は、『童話

というジャンルの問題もあるんだけれど、メディアの問題もある。

ということは、読者層が子どもだけじゃなくて大人がずいぶん読んでいた。文芸誌の読者、あるいは婦人雑誌の読者が読んでいて、小説と童話っていう二つの背後に、メディアを横断して書いていたっていうこととか、それぞれのメディアに読者が付いていたことが背景にあって、それらがうち重なっているんだろうなって考えられます。

未明自身が*「今後を童話作家に」で「わが特異な詩形」と言っているように、自分の表現のあり方を童話という言葉で表わしていたんだと思うんです。「従来の童話や世俗のいう童話」と自分の童話は違うと言っているけれども、*戦後になっていわゆる童話として小川未明を読んだときに、これは子どもの文学ではないと言われた。未明自身が、いわゆる童話とは違うと断っているんだから、戦後の批評家たちの理屈はもともと成り立たなかったんじゃないかという気もするんですけどね。

栗原 小説のほうも、大正期の途中から変わってきますよね。そういう点からいうと、社会主義的だと言いながら、書かれている内容は、

小説」として「犬と人と花」（一九一九年五月）などを発表。書影は創刊号。

＊「不同調」 文芸雑誌。一九二五年七月創刊。未明は、「大人の童話」として「石の見た世の中」（一九二六年七月）を発表。

＊「今後を童話作家に」 「東京日日新聞」一九二六年五月。小説と童話の双方を書いてきたが、『小川未明選集』全六巻の完結を機に、これからは童話に専念する決心を

文壇小説が小川未明と違うところへ行ってしまったのか、それらとのズレが大きくなっていってしまったという感じがあるかもしれない。当時の文壇小説っていうのとか、純プロレタリア小説っていうのではないですよね。小川未明の社会主義的なものって、のちに典型化される階級小説型ではないですよね。もう一つ前の正義感とか、ヒューマニズム的だけれど、階級小説的なプロレタリア派とは違う感じでしょう。つながるような要素があるとは思うんだけれども、白樺派的なものとも違うし。同時代の小説の世界に対してなんかズレを感じていたんではないかと思います。

宮川　関東大震災後あたりからいわゆる昭和文学が始まるんですけれども、*昭和文学の「三派鼎立」である私小説とプロレタリア文学と新感覚派、小川未明はどれとも距離がありますよね。

未明と故郷

宮川　すでに杉さんのお話の中には十分出ていることなんですけれども、高田の風土や言葉と未明童話の関わりについて、改めて伺ってい

したことを、世の中に断った文章である。

＊戦後になって…… 石井桃子他『子どもと文学』（中央公論社、一九六〇年）など。

＊昭和文学の「三派鼎立」である…… 平野謙が述べた昭和文学三派鼎立説によっている。平野『昭和文学史』（筑摩叢書、一九六三年）参照。

いですか。

杉　風土というのは本人が多分に意識していたと思いますが、無意識なところにも高田の風土は、それとなく体臭みたいなものとして出てきていると思うんですね。

私が最初に未明文学に接したのは、アルスの児童文庫*の『日本童話集』、上巻が藤村で、中巻が小川未明で、下巻が宇野浩二、豊島與志雄その他でしたけれど。親類からこの児童文庫のシリーズを借りた中に『日本童話集』がありました。もちろん予備知識はありませんから、未明についても全然知らないで読んでたんですね。そしたら上中下のうちどうもこの小川未明集っていうのが、何か好きでもあったし、身近って感じがするんですよ。「赤い蠟燭と人魚」がトップにありましたが、どうもあの海って直江津の海みたいだなって思ったり、「月夜と眼鏡」のおばあさんは、自分の家の隣あたりに住んでるような気がするんですよね。

何で未明ばかりそうなのかなあと不思議に思ってたんですが、五年生になって例の改造社の全集（二一一頁の註参照）で年譜を見たら高田

＊アルスの児童文庫
『日本児童文庫』全七六巻（アルス、一九二七〜三〇年）。小川未明著『日本童話集』中巻は、第一六巻、一九二七年刊。

出身だとあるので、「あーそれで」って思って本当にびっくりしました。無意識の子どもの心にも、地域性を何となくわからせるような雰囲気が出ていたんでしょうね。小説でも童話でも、高田です、とかはっきり書いてあるものはほとんどないんですね。ただ雪国です、北の国です、という描写が多いんですけど、雪国、北国というのは高田に決まってると思いながら読んでいました。だから固有名詞があるなしにかかわらず、もう身体に染み込んだものとして作品の中に出てきているんだと思いますね。

言葉なんですけれども、宮川さんの解説にもずいぶん言葉を気にして書いておられるんですが、「ひ」と「し」のこと。私は「ひっきりなし」にといいますけど、たしかに「しっきりなしに」という人も周りにいっぱいいますね。「ひ」と「し」がひっくり返るって、どの地方でもけっこうあることのようですね。

宮川 ええ、でもそれが方言として口に出すだけではなく、「月と海豹《あざらし》」*という童話には地の文に「頻《しき》りなしに」というふうに書かれている。ふつう、話し言葉と書き言葉は区別することが多いんですが、未

＊「月と海豹」という童話には……
詳しくは、『名作童話 小川未明30選』巻末の宮川健郎「小川未明童話紀行 ふるさとの風光、ことばのふるさと」参照。

明の場合は書いてしまってるんですよね。

杉　ほかには、ずーっと読んでいっても方言らしい方言ってあまり出てきません。この時代ではなるべく共通語で表現するように心がけていたんじゃないでしょうか。それともう一つは、小川家は一応士族の家庭で、普通の町人、農民、商人という方面の人とはちょっと家庭での言葉が違っていたかとも思います。

それとは少し違うかもしれませんが、私の子どもの頃、昭和初年代から十年代ですけど、方言というのは悪い言葉だという教育を受けていました。うちの母親も体制順応型というか、そういうことを守るほうでしたから、なるべく家庭でも方言使わせないようにしていましたね。私なんかも、今になって損したような気がしますけど、方言が素直に出てこないという面があります。

あと、上越地方というのは、新潟県の中では比較的方言が弱いほうだと思います。ほかの地方の人に言わせると、上越、高田地方の人は言葉きれいですねって言うんですよ。というのは美しいと言うんではなくて、方言が少ないという意味なんですけれど。まあそういう時代でしたから、共通語を書くように未明が自分でも心がけていたんじゃないかと思います。

それと、方言の使い方に関しては、かなりアバウトだったんじゃないかなという気もします。本当に方言を気にすればきりがないんですが、一つの例として、*私が書いたものをちょっと読んでみますね。これは昭和四十年代に朝市を題材にして書いた作品で、その中に、お客さんと、店を出している農家のおばあちゃんが問答しているところが入っているんです。そのところ読んでみます。

「おまんた　もう花見に行ってきなったかね」

「はあ　きんの行ってみたけも　やあはい　にやかで　にやかで」

「おくさん　わらびにぜんまい　買ってきないや　あくぬきしてあるしけ　すぐ晩のごっつおンなるでね」

「この里いも　いくらだいね　小さいの一つ　まけときないや　花見だねかね　けちけちしなんな」

「ことしは雪がすくねかったしけ　市へ出るせってもらくだったねや」

＊私が書いたもの
杉みき子「朝市」（『花のある小路』北越出版、一九七四年所収）。

こんな調子なんですよ、近在の農村の言葉はね。ですからそのままそっくり書いても良かったんだと思うけれども、そこんところは遠慮して書いていませんね。

もう一つ、私が方言的なものを書こうとするとき、いちばん気になるのが「なる」という言葉です。何々しなる。いきなる、帰ってきなる、持ってきなる。「～なさる」という意味なんですね。いちばん特徴的な言葉だと思うので、未明は当然知っていたと思います。「大きな蟹」の中でも、「広い野原の中で、とぼとぼとしていなさる」「おじいさんが、この鳥に乗って帰って来なすったのだ」とか「帰って来なされたのがうれしくて」とか。

また「雪来る前の高原の話」では「あなた方が、真っ赤な顔をして働いていなされたのを見ました」とかね。これらの「なされた」というふうに書いている部分、心の中ではおそらく「しなった」「来なった」「いなった」というふうにつぶやいていたと思うんですけどね、やっぱり文章化するときには、この部分は共通語に近づけて書いておられたんだと思います。

一方、これは「とうげの茶屋」の助役さんの言葉ですが「いま、話をきいて、すぐといっても、分別もつくまいから、おじいさん、よく考えておかっしゃい」。「おかっしゃい」って、これは祖母なんかもよく使っておりまして、自然に出ているかなと思います。

ですから方言というのは、上越地方はあまり強くないということもあり、童話というものを書き始めた未明としては、やっぱり子どもに読んでもらうには、共通語でわかりやすくという意識もあったんじゃないかなと。そういう気配りをかすめて、さっきの「頻《しき》りなし」なんかが出てきたのかなあと、そんな気がしましてね。ですから方言という意味では、あまりこの地域の特色というのは、求められないんじゃないかなと思います。

方言とは違いますが全体的に、親子の対話が丁寧ですよね。一般の家庭ではどうだったのかわからないんですが、私のとこなんかは、昭和の初期でも、もっとぞんざいな言葉を使ってました。親とも友だちと話すのと同じ調子で話してましたね。未明の時代は、士族ということもあって丁寧だったのか。もっともほかの作家の作品でも、その頃の東京を舞台にした子どもたちの言葉は、親子の会話がやっぱり丁寧ですからねえ。その時代はそうだったのかなという気もしますね。

宮川　未明はしばしばこちらに帰って来てはいますけども、十八歳で東京に出てしまっている。杉さんはずっとここにいらっしゃいますが、その違いについて何か感じることはありますか。故郷の描き方とか意識の仕方ですね。

杉　未明は雪を徹底的に嫌っていますね。雪は嫌なもので辛いものだと。私はそうではなくて、個人の個性もありましょうけど、雪が好きで、雪はあったかいもの、明るいものととらえたものが多いです。子どもの頃、未明の童話を読むたびに「この人せっかく雪国に生まれていながら、なんで雪のことがこんなに嫌いなんだろう」って、それだけが違和感ありましたね。

宮川　それは東京に行っちゃった人の見方になってしまったのかもしれませんね。

杉　一つは時代で、未明の少年時代は、雪そのものがたくさん降りましたしね。雪に対処する方法もまだ発達していませんでしたから。雪いまはだれ、またじって言いますが、雪の始末、雪下ろしにしても、今とは比べものにならない苦労があったわけですよね。雪の量が多いのと、対処する方法がまだ十分でなかったから、その分苦労はあったと思います。未明は、お父さんがしょっちゅう春日山神社の用事で留守にしていたので、普段はおばあちゃんがいたとはいえ、母子家庭のようでしたからね。子どものうちから屋根に上って雪下ろしもしなけりゃいけない、その苦労もあったから、なおさら雪が嫌だってことになったんでしょうね。

もう一つは私の独断ですが、四月生まれ、春生まれということがあったのかなと。私は十二月生まれですから、雪が非常に好きです。

栗原　未明の作品、雪下ろしって出てきませんね。こちらにいた頃は当然手伝っていたでしょうね。そのわりには雪に降り込められたり、外に出て雪掻きしたりとか、などはあまり出てきませんね。宮沢賢治の花巻は内陸の平地だから雪も降るけど晴れるんです。雪渡りができる。こちらでもできますか?　でも雪渡りなどで遊ぶ話も未明の作品には出てこないですね。

杉　雪わたりのこと「しみわたり」といって、こちらでもやりますよ。でも未明は、そういう楽しいこと書いていませんね。「少年の見る人生如何」*というエッセイを読むと、冬の長い北国に生まれた自分は、東京ではお正月でも毎日太陽が輝いて往来に埃があがっていると聞いても信ずることができなかった。大自然は公平なものと思っていたが、これではあまりに北国に対して憎悪がありすぎるではないか、と嘆いています。子どものときそれを読んで、あんなに美しいお話をたくさん書く人なのに、やっぱり東京へ行きたかったのかなあって、くやしいような、複雑な気持ちでした。

栗原　そういうところはありますよね。先ほどから出ていますが、やっぱり雪国観が多少パターン化している。

小説のほうでも「山上の風」*というのは春日山*が題材ですが、未明の場合は、高田の町におばあさんとお母さんといて、お父さんは春日山。それでお母さんもそちらに住むようになって、夫婦でもって信仰のために山の上で耐えている。お母さんは早く一人前になってお父さんのあとを嗣いでこちらに来てほしいと願うが、息子の側はそうはい

＊「少年の見る人生如何」　『未明感想小品集』（創生堂、一九二六年）所収。

＊「山上の風」　『青白む都会』春陽堂、一九一八年所収。

＊春日山　標高一八〇メートル。上杉謙信の名城があった。未明の父・澄晴がこの山上に春日山神社を創建したため、少年時代の一時期未明もここに住んだ。

かない。むしろお母さんに冬の間だけでも町に帰るように勧めたり、自分は自分の自由に身を任せたいと思う作品。郷土のことをあれだけ書くんだけれど、お父さんの考えとは違う自分の未来を切り開く気持ちを書いています。

杉　*岡上《おかのえ》さんの書かれたものの中には未明はやっぱり故郷を思う気持ちも強くて、夕焼けを見ると故郷も夕焼けているかなあ、とか、寒いときは、高田も雪だろうな、とか、そういうことをしょっちゅう言っておられたようですね。

宮川　僕は最初の勤め先が仙台の大学で仙台に十五年いたんですが、その間に結婚したものですから、うちの子どもたちは仙台生まれなんですよ。こちらほどではないんですが、仙台も寒い。家族みんなで東京の僕の家に帰って、もう十年以上になりますが、みんな仙台を懐かしく思ってはいるけれど、それでももう、あの仙台の寒さには戻れないって言うんです。東京の冬はやっぱり楽ですから。未明もそうだったのか。ずっといた人じゃないから故郷の掴まえ方が、象徴的な感じがするということと裏表なんですけども、象徴的だったりあるいは抽

＊岡上さん
岡上鈴江。一九一三年〜、東京生まれ。児童文学翻訳家、作家。小川未明の次女。『父小川未明』（新評論、一九七〇年）、『父未明とわたし』（樹心社、一九八二年）がある。

象的だったり、具体的ではないと感じますけどね。

栗原 若干類型的なくらい。

宮川 杉さんはずっとここにいらっしゃるから、高田は故郷でもあるけど日常だから、作品の中での描き方も非常に具体的ですよね。

栗原 宮沢賢治も岩手に戻って住み続けたせいでしょうか、やはり具体的ですね。

小川未明と杉みき子

宮川 杉さんの創作活動と未明の関わりは、様々なレベルであると思うんですが、何かお話があったら。

杉 自分で思い出せるかぎりでは、「山の上の木と雲の話」「赤い蠟燭と人魚」「殿様の茶碗」「大きな蟹」このあたりからかなり影響を受けています。

地元の小さい新聞に連載した話に「空とぶカニ」*というのがあるんです。これは、海岸の岩かげに一匹の蟹が住んでいるんですが、ある颪の翌朝に見ると松の木の上に大きな蟹がいて、それが颪に乗ってふ

*「空とぶカニ」『小さな町のスケッチ』（上越タイムス社、二〇〇八年）所収。

わふわ飛んで行く。実際は蟹の形をしたビニールの看板の風船みたいな作り物だったんですが。蟹は本物だと思って、自分の仲間が飛んでるんだから自分も飛んでみたいと、風の朝に飛び立ったらしい。そして行方不明になってしまうんですが、最後のところで「星空の下の砂浜を、ひとりのおじいさんが、大きなカニを背負って、よろよろと村の方へ歩いて行った、という人もいました」と。これは「大きな蟹」へのオマージュなんですけどね。

またこれも同じ地方紙に載せたもので、「山の上の木と雲の話」に誘発された作品。「金谷山ものがたり」といって、金谷山を題材にした物語の発端のところで、「美しい町」*という話なんですが、主人公の林という青年が、見知らぬおじいさんに、金谷山でこの山に対する愛着を語るんです。小学校低学年の頃、友達と金谷山に遊びに来て、それは秋晴れの気持ちのいい日で、ここで風景の描写が続くんです。「すばらしく美しい町が見えたんですよ。金いろの、お城みたいな高い塔がいくつもそびえてて、その上に、何本もの旗が、いきおいよくひるがえって。石だたみの道路には小さな家も並んでて、どの窓にも

＊「美しい町」『金谷山ものがたり』（上越タイムス社、二〇〇四年）所収。

花がかざってあって。歩いている人も、みんなしあわせそうに笑ってて…ええ、そんなこまかいことまで、見えるはずないのにね」「それに、その日はおまつりでもあったのか、赤や黄や緑の、かぞえきれないほどの風船が、パーッと空へまいあがっていったんですよ！」「それで、そのときから、ぼくの心の中では、その美しい町と、この高田の町とが、ぴったり重なってしまったみたいなんです」と。こんな町にいつまでも住んでいたいから高校を出たあともここに残り、勤めの合間に、ここへあの美しい町を捜しに来る、そんなのはおかしいですよねとおじいさんに言います。するとおじいさんは、ちっともおかしくありませんよ、それであたりまえです、人間の心というものは、すごい力を持っていて、見たいと思うものは何でも見えてしまう、おまけにここでは金谷山も手を貸してくれると答えます。「そのとき、ふっとカーテンが開いたように、とつぜん、海のむこうに見えたのです。金いろにかがやく塔のむれが、あの美しい町が。／あっと思うまもなく、それは、一しゅんのうちに消えました」という話なんです。

これはもう「山の上の木と雲の話」がもろに出ちゃったという感じ

で、今読むとなんだか恥ずかしいような気がします。ほかにも*「人魚のいない海」という話があるんですが、これは「赤い蠟燭と人魚」がヒントになったんだろうなと思います。

もう一つ*「わらぐつの中の神様」という教科書に載っている作品ですが、これがずっとあとになって気が付いたんですけど「殿様の茶碗」からヒントを得ているんですよ。「わらぐつの中の神様」は、農村に住んでいるおみつさんという若い女性が、町で見かけた雪下駄が欲しくてたまらなくなって、でもお金がないのでお父さんの編んでいるわらぐつを見よう見まねで作り、朝市で売ってお金を作ろうとする。でも、初めて作るのでなかなかうまくできない。わらまんじゅうみたいだと笑われるようなわらぐつになってしまう。

でもおみつさんは非常に誠実な人だ

「無意識に創作に影響を受けていますね」

＊「人魚のいない海」『杉みき子選集』第六巻（新潟日報事業社、二〇〇九年）所収。

＊「わらぐつの中の神様」初出は「新婦人しんぶん」一九六四年。『杉みき子選集』第一巻（新潟日報事業社、二〇〇五年）所収。一九七七年以降、光村図書刊行の小学国語教科書五年生にずっと掲載されている。

ったので、はく人がはきやすいように、丈夫で長持ちするように、あったかいようにと、心を込めて丁寧に作ります。つまり、見かけは悪いがとてもいいわらぐつだったのに、朝市に持って行っても誰も買ってくれない。諦めかけたところに若い大工さんがやって来て、ためつすがめつわらぐつをながめて「おまんがつくんなったのかね」と聞くんです。ここは方言を使いました。それで「おらがつくったんです。みったぐないんだけど」「よしもらっていこう」と買ってくれます。

それからは、朝市へ出るたびに大工さんがやってきて買ってくれるんです。なんでこんなにたびたび買ってくれるのかと聞くと、もちろんこれは大工さんがおみつさんのことを好きになったんですけど、何だかんだ言い訳をして。そして大工さんは、わらぐつをほめたあとにこう言うんです。

「おれは、わらぐつをこさえたことはないけども、おれだって職人だから、仕事のよしあしはわかるつもりだ。いい仕事ってのは、見かけできまるもんじゃない。つかう人の身になって、つかいやすく、じょうぶで長持ちするようにつくるのが、ほんとのいい仕事ってもんだ」

私はそこを書くとき、本当にそう思って書いたんですけどね。それから何年かたって、上越市で未明生誕百年の行事をするとき、未明の話をすることになって、未明童話二十編ほどを再読してみました。その中に「殿様の茶碗」があったんですが、読んでいるうちに「うわーっ」と思いましたね。殿様が農家のおじいさんのところに泊まって、今まで文字通り手を焼いていた薄手の上品な茶碗の代わりに、どこにでもある実用一点張りの茶碗でごちそうしてもらって非常にうれしかった。そこでこの茶碗は非常に良くできている。なんというものが作ったのだと聞くと、

「誰が造りましたか存じません。そんな品は名もない職人が焼いたのでございます。もとより殿様などに、自分の焼いた茶碗が御使用されるなどということは、夢にも思わなかったでございましょう」と百姓は恐れ入って申し上げました。

「それは、そうであろうが、なかなか感心な人間だ。ほどよいほどに、茶碗を造っている。茶碗には、熱い茶や、汁を入れるということをその者は心得ている。だから、使う者が、こうして熱い茶や、汁を安心

して食べることが出来る。たとえ、世間にいくら名前の聞こえた陶器師でも、その親切な心掛けがなかったら、何の役にも立たない」と、殿様は申されました。

これを再読した途端に「あ、これだったんだ」と。五年生のときにこれを読んで殿様の言葉に感心して、なるほど仕事というものは、道具というものはこういうものなんだと。それを使う人のことを思って丁寧に心を込めて作るのが、本当のいい道具、いい仕事ってものなんだということを、子ども心に感じ取ったわけなんですね。大人になって童話から離れて、そのことは全然忘れていたはずだったんです。

ところが何十年かたって、この「わらぐつの中の神様」を書くときになって本当に無意識だったんですけど、この殿様の言葉が出てきていたんですね。これは確実だと思うんです。それで「使う人の身になって、使いやすく、丈夫で長持ちするように作るのが本当のいい仕事ってもんだ」と大工さんに言わせてしまったんですね。それがわかったときは本当にショックでした。「あれー、私盗作してしまった」って。それでも、同じ言葉を使ったわけでもなし、ヒントを戴いたということにして、後輩に免じて許していただきましょうと、春日山の方角に向かって、未明先生ごめんなさいと頭を下げて勘弁してもらうことにいたしました。

本当に、五年生の頃に読んだ言葉、内容が何十年も残って、心のどっかの引き出しに入っていたんですね。ですから、子どもの頃読んだ未明童話は、自分が思っている以上に、心に残っているんだろうと思います。いちいち思い出しませんけど、この「わらぐつの中の神様」の件は自分でも最大の驚きでしたね。

宮川　「わらぐつの中の神様」と「殿様の茶碗」はずいぶん世界が違いますから、お話を聞いて「あ、そうか」と驚きました。大工さんが「なんてたって仕事は心がけだよ」と言うのと殿様が「その親切な心掛けがなかったら」と言うのと、ここのところはぴったり重なりますよね。だから五年生でお読みになったとき「心がけ」という言葉を未明の童話からもらったのかもしれませんね。

杉　具体的にどの言葉をもらっていたかはわかりませんが、とにかく全体として殿様の言葉が心に染み入っていたんでしょうね。

宮川　おっしゃるように確かにイメージとかモチーフを未明からもらったと思われるんですが、杉さんは短編の名手でいらっしゃるから、ある構図を構築するように書かれていて見事だと思うんです。一方、未明のほうは構図を構築していくようなところは全然ないんですよね。そこはものすごく違うと思うんですが、そこはどうでしょう？

杉　そんなに違わないんじゃないでしょうか。私はたとえば、最後の場面が心に浮かんでくると、これをクライマックスにしてここへ導くには、どういうふうに話を進めたらいいかなというふうに、しっぽのほうから考えていくんですよ。

栗原　でもそれって徹底すると構築的になるんじゃないですかね。最初が決まれば、あと終わりまで行っちゃうってことありますよね。最後からっていうのはむしろ構築的ですよ。絶対構築的って言うべきですよ。

宮川　杉さん、ミステリーファン*でしょう。ずいぶん昔に長谷川潮*さんが教えてくれました。杉みき子さんは『ミステリマガジン』の「響きと怒り」という読者コーナーの常連だよって。ご本名でお書きにな

＊ミステリーファン
杉みき子さんは、仁木悦子『棘のある樹』（角川文庫、一九八二年）や鮎川哲也『死びとの座』（新潮文庫、一九八六年）など、ミステリーの解説を執筆している。アガサ・クリスティー・ファンクラブの会員でもある。書影は『死びとの座』。

＊長谷川潮さん
一九三六年〜、東京生まれ。児童文学評論家。著書に『日本の戦争児童文学』（久山社、一九九五年）など。

っていて、小寺佐和子さんてよく出ている。ミステリーファンだから、やっぱり構築的かなって思うんですけど。

杉　ミステリーっていうのは最後が落としどころなんですが、その前にいくらかはヒントをちりばめていかなければならないところがあって、ミステリーとそれから落語が、実は私の作品の構成の大本にあるかなと思います。

宮川　ある場面から発想するっていうところは未明もそうかもしれませんが、未明は落ちという落ちがついたりつかなかったり、不思議なところで終わったりして。

栗原　そういうのよくありますよね。

杉　書いたらあまり読み返さなかったって聞きますけど。

宮川　書くのはすごく速かったみたいですね。

杉　一度さっと書いたらおしまいみたいな感じで、よく書けたもんだなと感心します。私はもともとが不器用で、推敲を重ねないと人前には出せないと思っていますから。短編しか書けないところは未明と似た体質かなって思いますけど。

栗原　自分の日常での心境が高まるのを待って書くっていうタイプなんだろうなっていう感じですね。もちろん長い大人向けの小説は違うかもしれないけれども、たぶん短編の場合だったら、長時間かければできるっていうものじゃないんでしょう。気持ちが乗るのを壊されることに苛立っているところを「*魯《ろ》鈍《どん》な猫」で書いていますね。

杉　*新潮文庫の未明童話集の解説で坪田譲治さんが書いています。

　未明はとにかく短気で、長編には向かない性格であり、また生来の詩人であった。試作するためには、作者の心が大変高熱で燃えなくてはならないが、その高熱に作者の心が久しく耐えることではできないものと思われる。そして詩というものは、ごく簡潔な十行か二十行で、しかも深い、高く大きな気持を歌いあげてしまわなければならない。未明さんの童話はこの特徴をそなえている、と。確かにそう思いますね。

宮川　高血圧的な人ですよね。

杉　だから頭もつるつるに剃って。

宮川　最後はそれで倒れられてね。

＊「魯鈍な猫」
「読売新聞」一九一二年四月。書影は小説集『魯鈍な猫』（春陽堂、一九一二年）。

＊新潮文庫の未明童話集
『小川未明童話集』新潮文庫、一九五一年。

未明の戦後

栗原　さっき話題にされた「殿様の茶碗」は、類話はほかにありそうな気がするんですね。それからある意味でこういう教訓って、僕は好きですけど、これって、幸田露伴たちが明治の最初から考え磨いてきた文明観の本質的なところと呼応するような気がするんですが。

人の暮らしが幸せになるというのはどういうことか。特別な英雄豪傑が世の中をつくっているんではなくて、誰がつくったのでなく、普通の人がみんながよりよいものを求める心が集まっておのずからつくり出されるのだ、という考えがわりとよく出ています。当然未明のこれからの評価に関わるし、もっと違うことで杉さんの言う周りとか家庭とかそういうものがあって、感受性とか考え方とかを育てたのでしょう。

宮川　もちろんそういう土壌というものはありますよね。

栗原　「とうげの茶屋」なんかは新美南吉と通うところがあるんじゃないですか。珍しくというか、南吉は今杉さんが言われたような詩人タイプではない。そういうふうなことで言うと、時代とそのテーマにもよるんだけれど、未明には珍しく新美南吉のお話ふうなそんな感じがします。

宮川　未明も戦後の作品になると、こういう傾向なのかなとも思うんですけれど。象徴性が弱まっていく。

杉　ちょっと柔らかくなったという感じがします、穏やかになって。それまでは文明に対する憎悪のようなものがかなり強いところがあったんだけど、ここではそうじゃなくって、自分にとってはちょっと辛いところはあるけれども、町の人たちのためになるなら文明もいいではないか、自分の家族も助かるかもしれないんだから、と非常に世間一般に対して柔らかく明るい気持ちになっている。言葉もこなれているというか、激情で叩きつけるというところがなくなって、穏やかになっているなと。私も最近読み直して、自分が歳を取ったせいか、このおじいさんに共感して、最後にこういう境地になられて未明さんもよかったなあって気持ちになりましたけどね。

宮川　未明は体質の人みたいなところがあって、この時代には心身がそういうような状態になった、時代の反映が素直に出る人なんだなあとも思いました。

栗原 「殿様の茶碗」なんかと通うところもあるわけですね。

宮川 説話性がある。

栗原 もう一つは、第二次世界大戦があって大きな屈折と社会全体の変化がありますよね。それを受けて近代日本の流れの基本のところに戻ってきて和解するというか、そういう感じがしますね。

宮川 戦前、戦中はかなり社会主義的なところに傾倒しながらも、戦*争末期には戦争賛美もした人じゃないですか。

栗原 自身の歩みを受け止め直したというか、そのことを言明してはいないけど。

宮川 戦後は何か解放されたような感じがしますね。

栗原 肩の力が抜けたというか。

宮川 やっぱり特高につけねらわれないだけでもいいですよね。

栗原 たしかに戦争中のものは再検証しなければいけないけれども、戦後のものはどうなんでしょう。私自身は「とうげの茶屋」ぐらいし

＊戦争末期には 未明の童話集『夜の進軍喇叭』（アルス、一九四〇年）、評論集『新しき児童文学の道』（フタバ書院成光館、一九四二年）などを参照のこと。

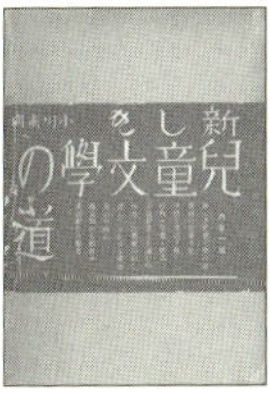

か知らないままなんですが。

杉　最後に「日本児童文学」に書かれた「ふく助人形の話」*というのがありました。内容はほとんど忘れましたが、やっぱり子どもの頃の思い出だったと思います。柔らかい温かい感じを受けましたね。

ユーモアの欠如

宮川　未明は、賢治や南吉と実際の関係はないんですかね。

栗原　年譜には入れていないですが、賢治の側では*作品を見てもらったという友人の話はありますが。小川未明側の文章などは見当たらないんです。

宮川　未明は賢治や南吉は読んでいたんでしょうね。

栗原　と思いますがね。南吉だったらだいぶ体質は違いますよね。

杉　賢治は、北国といってもかなり違いますよね。

栗原　年齢は未明が十四歳上なんですよね。それから、未明にもある文明の批判とか、その根底には自然があるという考え方は同じなんだけれども、自然自体に対する感受性はだいぶ違ったと思う。

＊「ふく助人形の話」「日本児童文学」一九五九年五月。子どもが町の雑貨店の前で動く福助人形を見てくる。福助人形と、金貸しをして大きくなったという雑貨店は評判になるが、ある晩、台風に襲われ、雑貨店の屋根は壊される。

＊賢治の側では　大谷良之「大正十二年頃の賢治さん」（川原仁左エ門編『宮沢賢治とその周辺』同刊行会、一九七二年五月）に「宮沢君は彼の書いた童話を小川未明先生に見ていただいて『すばらしいと賞讃された』といっていた」とある。

宮沢賢治の場合は独特な自然の感じ方、野外の自然の中で一体化する。単に自然の中でだけじゃなくて、哲学的な意味を含めてでしょうが、自我と自然が一体化するところに生命が現われる。そういうふうなところが違うと思う。未明の描写は賢治の場合の生き生きと見えるように描き出している感じではなく、それをポイントにすると部分部分の表現は物足りないような気がしてくる、という言い方もできると思いますが。

杉　先ほど方言の話がありましたが、賢治ほど方言を見事に文章化できれば凄いと思いますね。あれは誰にも真似できないと思います。

栗原　賢治は地の文は標準語にしようとしているけれども、登場人物はもろに徹底的にそれがわかるようにして書いている、特例ですよね。誰にも真似できない。それはある種の決断と意識を持っていなければできないわけで。宮川さんが解説で書いていた「ひっきりなしに」「しきりに」もそうなんだけれど、未明の場合は標準語で書こうとしていたのに無意識に出てしまったというものですよね。賢治の場合はむしろ登場人物たちやその地域に即して、徹底して明瞭に自覚的な意識で書いている。ほかにないですね。

宮川　雪の描き方なんかもそうですね、「水仙月の四日」なんかはもの凄い描き方ですね。

栗原　今、言葉は忘れてしまったんですけど、天沢退二郎さんが書かれた文章*でああそうなんだと思うところがありました。それは「雁《かり》の童子」の沙《さ》車《しゃ》の町の春の終わりの季節を描いた部分で、けっして単なる描写じゃなくて、風や花の動いていく中で人物も時の経過の説明も一体化してしまう、その仕方だと思うんだけれど、そこが未明とは違うタイプだって思われるんです。

あと未明が持っていた、この世とこの世じゃない世界を別の空間、死に対するあこがれでもって書いていたところ。賢治の場合あこがれじゃなかったと思うんだけど、世界をもう一つ別の世界で見ているという点、これは少し大ざっぱに言えば、その点では共通する。ただ共通するからといって並べてみるとだいぶ違う。そういう性格の違いがある。南吉はどうでしょうね。

宮川　南吉はリアルですよね。

＊天沢退二郎さんが書かれた文章　天沢さんが、『新修宮沢賢治全集』第十巻（筑摩書房、一九七九年）の「後記」のうちの「解説」で、「雁の童子」について、「老人の語り口によって、読者をいかにも現世に天童子が降り立ちそうな物語世界へさそいこむことを可能にしている」と書いている。

栗原　世界を多重化する、別世界との交渉の中で見るとかいうことはないですね。
杉　よく思うんですけど、賢治にも南吉にもちょっとユーモアがありますが、未明さんはユーモアっていうものがあまりないですね。
宮川　まじめなのかなあ。
杉　賢治は突拍子もないようなものが出てくるし。南吉は「飴だま」なんか講談調でほんとおかしいですね。
栗原　未明さんはおかしくなってもいいはずのところでも、あまりおかしくさせない。世代が一つ前の堅苦しい男ってことかな。お侍の子だし。
宮川　「殿様の茶碗」なんかもうちょっと面白くてもいいかもしれない。南吉だったらもう少し面白く書いたかもしれない。
杉　士族と商業の人との違いってことかしら。
栗原　賢治にはユーモアにナンセンスというのが加わりますよね。「林の底」*とか「とっこべとら子」*なんかは落語のようで大好きですがね。

***「林の底」**

林の年寄りのフクロウが「私」に語る、トンビの染屋の話。

***「とっこべとら子」**

とっこべとら子という名前の「おとら狐」の話。とっこべとら子は、人をだますという。「林の底」も「とっこべとら子」も、民話的な素材を賢治独特の語りで生かした作品。

宮川　南吉はユーモアはありますが、ナンセンスはないですからね。賢治の「どんぐりと山猫」で一郎が山猫に煙草を勧められて断るんですが、山猫が「ふふん、まだお若いから」なんて言う、ああいうところは面白い。

栗原　浅草オペラのようなくすぐりもありますね。たしかに未明にはそれがない。

宮川　そうか、まじめなんだ。新潟の人は真面目なんですかね。

杉　真面目かもしれませんね。一概にも言えないけど。

宮川　実直な。

栗原　お侍ですしね。あと、なんか親子の感じ、短気で男っぽい、厳つい感じがするけれども、その一方でも母と子の関係が情が深くて未明に特徴的かな。

未明文学の全貌

宮川　そろそろおしまいにしたいと思いますが、その前に僕からもう一つ。『名作童話　小川未明30選』の巻末に初出一覧のページがあるのですが、未明の童話のデビュー作である「赤い船」の初出を不明としています。これは、実は訂正が必要です。

一九七六年から七八年にかけて講談社版の『定本 小川未明童話全集』が出たときには、「赤い船」の初出は確かに不明だったのですが、その後初出が判明しているんです。『小川未明30選』は初出の雑誌から本文を起こしているのではなく、基本的には作品が最初に収められた単行本をもとにしているので、その意味では支障はないのですが、初出一覧のデータの不備を懺悔しておきたいと思います。

「赤い船」の初出は、女子文壇社発行の「少女」という雑誌の明治四三年七月号なんです。初出には、「少女小説」という角書きもあります。どうも九十年代前半に大阪国際児童文学館が発見したようです。一九九三年に大阪国際児童文学館の編集で、大日本図書から『日本児童文学大事典』が刊行されたのですが、それに、この雑誌「少女」が立項されていて、*鳥越信《とりごえしん》さんが項目の解説を書いていらっしゃる中に「赤い船」が掲載されているとある。たぶん『大事典』のための調査をするときに「赤い船」の初出に気が付いたんだと思います。

＊鳥越信さん
一九二九年〜、神戸市生まれ。児童文学研究者。早稲田大学教授、大阪府立国際児童文学館総括専門員、聖和大学教授などを務める。著書に『日本児童文学史年表』1、2（明治書院、一九七五年、七七年）など。

岩波文庫だと『小川未明童話集』には「赤い船」は入ってなくて、*『日本児童文学名作集』の〈上〉に入ってるんですね。どちらも桑原《くわばら》三郎《さぶろう》さんの編集ですが。一九九四年の『日本児童文学名作集』〈上〉の第一刷には初出データが入っていない。ところが、二〇〇六年の第十七刷を見ると、初出について書いてあります。

児童文学研究者の藤本芳則さんが一九九四年に*「小川未明『赤い船』の位置」という論文を書いて、初出では「赤い船」が少女小説となっていることについて考察しているんです。「少女」という言葉があらわれてきたのは明治時代の後半で、*「少女世界」*「少女号」というように雑誌のタイトルなんかにもなります。明治三十年代くらいまでは少女という言葉はないんですね。藤本芳則さんの論文には、普通の少女小説では少女が辛くなっていく運命を書いているんだけれども、この「赤い船」の主人公の露子《つゆこ》は別に辛くなっていない、あこがれの世界に生きていく、そこが違うと書いてあったり、燕《つばめ》と会話するところなんかは、空想的な要素が「赤い船」にはあるんだけれども、いわゆる少女小説にはないとかですね、そういうことが書いてあります。

＊『日本児童文学名作集』の〈上〉

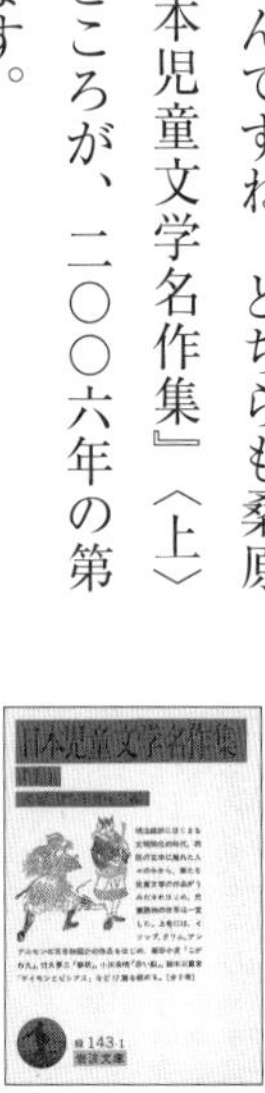

＊「小川未明『赤い船』の位置」
『大阪青山短大国文』第九号（一九九三年二月）に掲載。

＊「少女世界」
少女雑誌。一九〇六年九月創刊。博文館発行。

＊「少女号」
小学校高学年から高等科の女子を対象とする雑誌。一九一六年創刊。小学新報社、のち、新報社発行。

栗原　未明の作品集は何度も改訂されながら、どんどん充実するという感じじゃありませんね。講談社の小説全集でも一生懸命努力されていましたが、それが受け継がれていないというのは残念ですね。

宮川　「赤い船」のようなよく知られた作品の初出もしばらく前までわからなかったし、定本全集にも不明と書いている。初出不明の作品はまだまだたくさんある。つまりは未明文学の全貌がわかってないんですよ。みんなが未明だと思っていることが、ある範囲の未明でしかなかったりもするんです。そういう状況を踏まえて、上越教育大学の教授の小埜《おの》裕二さんがホームページ上で「調べて未明」という未明童話の初出調査に関するサイトを運営していらっしゃいます。

栗原　小埜先生はこちらに着任されてから未明のことを始められたそうですね。時間がかかることですからね。

宮川　「調べて未明」というそのサイトに入っていくと、「未明童話初出誌判明リスト（新資料を含む）」というのが掲載されていて、初出について「これがわかった」「これがわかりません」ということが出ている。

僕もこのリストを参考にして調べていったら、いくつかわかったことがあります。たとえば千葉春雄*という綴り方教育で有名な先生が編集していた「教育・国語教育」*という雑誌があって、その複製版を見つけて見始めたらば、昭和十年頃に、毎号、未明が短い童話を書いているんですよ。募集の童話の選もしていたりして。存在のわかっていた童話も三編あったけれど、今まで知らなかった童話も六編拾えたんです。小埜さんご自身もいろいろ新資料を見つけられたんだけれども、こういうことをやっていくと今まで見ている未明の範囲よりももうひと回り大きな作品群が見えてくる。僕らが見ている範囲は、ある一部だったんじゃないかという予感がするんですよね。これからどのくらい出てくるかわかりませんけれど案外出てくると思う。

栗原　小説の方も膨大に出てくるかもしれませんね。

宮川　つまり全集に未収録ということですね。単行本になっていない、発表しただけの作品ということにだいたいなります。これから引っ張り出していけば百できかない作品が出てくるんじゃないでしょうか。みんなが忘れている作品があちこちの雑誌に眠っていると思います。

***千葉春雄**　一八九〇～一九四三年、宮城県生まれ。国語教育研究家。東京高等師範学校附属小学校訓導を務めたのち、編集者に。著書に『童謡と綴方』（厚生閣書店、一九二四年）がある。

***「教育・国語教育」**　一九三一年一月創刊。厚生閣書店発行。未明は、童話「オカアサンノオチ、」（一九三五年九月）などを発表。

不思議なくらい。

栗原　これだけ名前と代表作が有名でこういう状態なのは本当に不思議なくらいです。

　小説のほうでは＊紅野《こうの》敏郎《としろう》さんはじめ、早稲田関係の先生たちが努力して講談社版を作ったんだけど。単行本には収録されているけれど初出が調べきれていない作品や逸文が多いこともわかっているのですが、十分続いていないんですよね。

宮川　情報環境も、講談社の全集が出たときとはずいぶん違ってきてはいますけどね。改めて探すのにはいい段階ではないですかね。

栗原　目録とか増えましたからね。

小川未明の再評価

栗原　さっきのユーモアの話に戻るけれど、今の雑誌初出の話と関係しているかもしれませんが、「月夜と眼鏡」は「赤い鳥」でしたから、やっぱりそういう舞台のものなので、未明にしては温かいユーモアがあふれた作品になったのかと感じます。いわゆる悲しい切ない物語で

＊**紅野敏郎さん**　一九二二年〜、兵庫県生まれ。日本近代文学研究者。早稲田大学名誉教授。著書に『展望戦後雑誌』（河出書房、一九七七年）、『文学史の園　一九一〇年代』（青英舎、一九八〇年）など。

はない。こういうものも書ける人なんだなということで貴重に思います。

宮川　「はてしなき世界」はどうですか?

栗原　さっき話題にしたように子どもが「あこがれ」というものを孤独と共に掴んだという未明の基本精神、基底にある精神みたいなものを表現した作品。自分の幼時体験やお子さんで確かめたんだと思うんだけど。

杉　最後が好きですね。「子供の立っている前方には、輝かしい野原がありました。そして、後方には、うす青い空がはてしなく拡がっていました」。ここだけでいいくらい好き。

宮川　「あこがれ」というのは、やはりキーワードですね。

栗原　あこがれの特質が明治時代の人に特有なのかな。

宮川　「赤い蠟燭と人魚」ではそのあこがれが裏切られてしまう。

栗原　あこがれというのが明るく楽しく幸せで満たされるというのじゃないんですよね。深い何かに惹かれてしまう。現世的なものではないんですよね。魂の奥深いもので、超越してしまうので、幸、不幸なんか超えてしまう。

宮川　「山の上の木と雲の話」の話のようなあこがれですからね。

栗原　あくまで未明的な、括弧付きの「あこがれ」なんですね。

杉　未明の作品が暗いってよくいうんですけれど、私はどうも前からその点に疑問があるんです。暗いでしょうかねえ。

栗原　そうでないのもありますよね。でも、逆に僕はわかりやすく明るいものにはとかく偽物が多いと警戒してまして、それよりは暗いほうがいい。明るいとか、暗いとかのレベルじゃないと思うんですが。

杉　私、よく言われるものですから。「あなた、未明さん尊敬してるっていうけど、あんなに暗いのにあんたのは明るいじゃないの」って。いつも「暗くてもその先に光があると思う」って言うんですけど。

小川未明文学館の入り口で。

宮川　今日の杉さんの話といっしょに「山の上の木と雲の話」などを再提出していくと未明童話の再評価も起こるような気がしますね。

　僕は、古田足日さんや鳥越信さんという未明批判*の先生たちに引き込まれて児童文学を勉強しはじめた一人なので、この先生たちがどうして未明を否定せざるをえなかったのかというのはわかっているつもりなんです。

　戦後という時代の中で、長い戦争の体験を子どもの文学の中でどうやって書くかって考えたとき、戦争というのは社会的な事件ですから詩的な、あるいは象徴的な言葉では書けないということがあったと思います。じゃあどういう言葉が必要なのかって考えたときに、象徴的な言葉を使う人の代表が未明だったから、未明を打ち倒して新しい言葉をなんとか獲得しなくてはという、切迫した何かがあったんだと思うんですね。

　現代児童文学は実際に未明と違う、もっと散文的な言葉を獲得していく。事柄を具体的に順序立てて説明していくような言葉ですよね。杉さんの作品の言葉も、現代児童文学の言葉なんですよね。イメージ

＊未明批判
古田足日「さよなら未明」（『現代児童文学論』くろしお出版、一九五九年所収）、鳥越信「解説」（『新選日本児童文学1大正編』小峰書店、一九五九年所収）など参照のこと。小川未明への批判を中心とする、一九五〇年代の「童話伝統批判」と現代児童文学の成立については、宮川健郎『現代児童文学の語るもの』（NHKブックス、一九九六年）を参照のこと。書影は、古田足日『現代児童文学論』。

やモチーフは未明と共通のものがあるとしても、散文的な言葉で作品を作っていらっしゃる。散文的な獲得をしていろんな主題が書けるようになったというのは、現代児童文学の成果として否定できないと思います。かといって未明を切り捨てていいのかというとそうではない。

つまり、未明は代表的な童話作家で、現代児童文学の前の近代童話の時代のあり方をよく表わしていた人だったから、これを踏み越えて行かなければ新しい時代が開けないっていうことだったんでしょう。だからとても偉大な人ではあったんです。

栗原　僕は世代的には戦後民主主義の時代に育ったし、思想的な面でもそれこそ戦後民主主義は大事なものだと思っているんです。思ってはいるんですが、大人の小説の世界でも、いわゆる戦後民主主義型というものが持った類型性とかイデオロギーの限界とか偽りにぶつかった年代なわけです。

いわゆる全共闘時代、その一端に接して、それで大人の小説の戦後の文学が、じゃあ、戦争体験を本当にリアルにどれだけ掘り下げたかって言えば、やっぱりちょっとそれは徹底できなかったのではないでしょうか。それならどうやってできるかといえば、とてもできないんですが、それでも今になって掘り直しをしなければと思うところです。

宮川さんの言われたような、言葉としてそれを乗り越えなければならないけれども、むしろ、それが実現できなかったもののイメージとしてだけ残っています。それを見渡したとき、敗戦後には少し短期間で片づけられるというふうに思いすぎたというか。だから確かにもう一度見直しをしなければ受け継ぎはできないと思います。

宮川　それでは、この辺で。ありがとうございました。

（註　宮川健郎）

鼎談・『名作童話　宮沢賢治20選』を読む

天沢退二郎／石井直人／宮川健郎

東京で宮沢賢治を読み直す

『名作童話　宮沢賢治20選』を読む鼎談は、二〇〇九年八月九日、東京都新宿区の日本出版クラブ会館で行った。

鼎談参加者は、まず、天沢退二郎さん。「六〇年代詩人」を代表する詩人であり、フランス文学者だが、天沢さんの文学の根っこには、子どものころの宮沢賢治との出会いがあるはずだ。そして、天沢さんは、一九六八年に刊行された『宮沢賢治の彼方へ』をはじめとする賢治論の書き手でもあり、『校本』そして『新校本』の宮沢賢治全集編纂の中心にあって、宮沢賢治研究を引っ張っぱってこられた方でもある。

もうひとりは、石井直人さん。白百合女子大学教授で、文学社会学や児童文学・児童文化が専門、現代の子どもたちと文学・文化のかかわりを考えてきた研究者である。

鼎談は、二〇〇九年春に『新校本　宮澤賢治全集』を完結させて間もない天沢さんに、石井さんと宮川がお話をうかがいながら、今、そして、これから、賢治童話を読むということはどういうことなのかを、さまざまな作品にふれれながら具体的に考えていく場になっていった。

（宮川健郎）

鼎談・『名作童話　宮沢賢治20選』を読む

台風の近づく午後に

宮川　今日は「風の又三郎」の終わりの日みたいな、天沢さんの作品＊『光車よ、まわれ！』の始まりの日のような雨の激しい台風の近づく午後にお集まりくださいまして、ありがとうございます。この天気なので、お二人がいらっしゃれるかどうか心配だったのですが、それでも、どうしても今日やりたいような気がしました。

天沢　夜中に雨風が大変だったんですけど、非常にうれしい気がしましたね。

宮川　千葉は雨がひどいと聞いていましたが、天沢さんのお宅のほうは大丈夫でしたか。

天沢　駅付近でも冠水したりしていましたが、宅は高台なので大丈夫です。

＊『光車よ、まわれ！』長編のファンタジー。筑摩書房、一九七三年。二〇〇八年に、ピュアフル文庫版（ジャイブ）も刊行された。書き出しは、「さっきから、まるで校舎をたてにゆさぶるばかりに雨がふっている」。

筑摩書房版（装丁・さしえ　司修）

ピュアフル文庫版（イラスト・スカイエマ）

宮川　特別な日にできて、喜ばしく思っています。さっそくですけれども、私の20選[*]からということで申し訳ないのですが、この中から、お二人それぞれのベスト3の作品を選んでいただきたいと思います。石井さんから、ベスト3をお願いします。

石井　では、さっそく。この20選からとなると「よだかの星」「どんぐりと山猫」「やまなし」。迷ったのは「風の又三郎」。これは、作品を読んだという感じがするし、入れるべき作品だと思う。しかし、やっぱり推敲途中の作品だったんだなあと感じましたね。その話題で別に話がしたいのでベスト3からはずしました。

宮川　ベスト3にした理由を教えて下さい。

石井　賢治というと「ほのぼの賢治」などと言う人もいるけど、僕の印象では、激しいところのある人で、20選の中では「よだかの星」がその激しいところをよく表わしているかなと思った。「春と修羅」[*]の、あの修羅の歯ぎしりに通じるものがあるかなと考えて、この中から選びました。「よだかの星」が作品として完成度が高いのかって言われると、ちょっと違うかもしれない。

＊私の20選
毒もみのすきな署長さん
雪渡り／革トランク／谷
やまなし／氷河鼠の毛皮
シグナルとシグナレス
イギリス海岸
紫紺染について
どんぐりと山猫
狼森と笊森、盗森
注文の多い料理店
かしわばやしの夜
ざしき童子のはなし
グスコーブドリの伝記
風の又三郎
セロ弾きのゴーシュ
葡萄水／よだかの星
ひかりの素足

＊「春と修羅」
一九二四年に刊行された、宮沢賢治の詩集『心象スケッチ　春と修羅』のおさめられ、表題ともなっ

「やまなし」は有名すぎる作品なんだけど、賢治はすごく不思議な空想世界を持っていて、そこから奇妙な幻想が突然、断片的に示されるっていう印象が強くて、もちろん話は*発表された作品だから断片ではないんだけれど、いくら考えても「クラムボン」ってわからないし、賢治の謎めいているところをよく示してくれている気がして。幻燈、まぼろしっていう言葉が出てくるけど、まぼろし、幻想的なもの、怪異的なものって賢治には欠かせないと思って選びました。

「どんぐりと山猫」については、あとで未明や南吉の話をしますが、賢治の想像する話って何にも似てないと思う。不思議なところから話が出てくるし、話の中身もそうだし、話の作り方、ドラマツルギーというか、そういうものが不思議な感じがする。そういう意味では、「どんぐりと山猫」かな。余計な話だけど、*加藤剛が朗読をしていてその印象が強い。「ここをなんとこころえる。しずまれ、しずまれ」って、ここを*大岡越前に言わせたかっただけかなという気がするけれど。それ以来、この作品を読むと加藤剛の声が頭から離れない。

宮川　歯ぎしりと、不思議、まぼろし、断片か……。

た詩。「いかりのにがさ／また青さ／四月の気層のひかりの底を／唾し　はぎしりゆききする／おれはひとりの修羅なのだ」というくだりがある。

＊発表された作品だから
「岩手毎日新聞」一九二三年四月八日に掲載されている。

＊加藤剛が朗読
『新潮カセットブック　宮沢賢治　どんぐりと山猫・注文の多い料理店』（加藤剛朗読、新潮社、一九八七年）

＊大岡越前
「ナショナル劇場24―大岡越前1　TBS　一九七〇年三月一六日（～九月二一日、全二八回）加藤剛、片岡千恵蔵、竹脇

「よだかの星」の極端さ、「やまなし」のまなざし

宮川　最初の「よだかの星」について。これは経験則なんですが、宮沢賢治に非常に思い入れ深くしていく人っていうのは、この話がすごく好きな人が多い。僕自身はこの作品が苦手で、自己犠牲のテーマに皆が思い入れしていくようなところにちょっと距離を置いておきたかった。今、歯ぎしりという言葉が出ましたが、最近は、「よだかの星」は非常にエキセントリックな話ではないかと考えています。「過剰さ*を積み上げていった挙句に、ある種のカタルシスが訪れる話」というふうに数年前に書いたことがあります。自己犠牲ということではなくて、作品にある力学みたいなものに惹かれていくということなら、僕の中にも惹かれる気持ちはある。

「よだかの星」について、天沢さんいかがですか。

天沢　「よだかの星」はいろんな点で極端なところがある。ある有名な女性エッセイストが、何かに書いていたんだけど、初めて「よだか」を読んで非常にショックを受けて、これに入れ込んじゃうと動物

無我、山口崇　江戸享保の頃の名奉行・大岡越前を主人公に、庶民の味方を旗印に正義の大岡裁きを描く。」（『テレビドラマ全史1953〜1994』東京ニュース通信社、一九九四年による）加藤剛が演じたのは、もちろん大岡越前である。

＊過剰さを積み上げていった挙句に、　宮川健郎「声と力」（『宮沢賢治研究Annual』一四号、二〇〇四年）参照。

を何も食えなくなる、有害である、以後賢治は読まない、と。そういうことを書いていたんでね。その極端さというのは人を納得させないところがある。好きで入れ込む人と、初めから拒否反応を示す人がいますね。

また杉浦静《しずか》*さんの教えた学生で、よだかみたいなのはいじめられて排除されるのは当然である、排除しなくてはいけないというようなレポートを書いた人がいるというんですよ。僕は、そういうふうになるのは困る。そういう考え方に対するアンチテーゼとしても書かれているわけだからね。

一方、よだかのセリフはよく知られるところだけれども、銀河鉄道のジョバンニのセリフと非常に似ている。よだかの運命とジョバンニの運命というのは、それぞれ自分で運命を選び取っていくわけだけれども、ジョバンニはよだかのような選び方はしなかったわけだよね。「よだかの星」はかなり初期に近い作品だけれども、それでいてあまり手入れをしてないし、改稿や改作をしていない。一方「銀河鉄道の夜」は、猛烈な手を入れて、試行錯誤の制作過程を経ている作品だが、

＊杉浦静さん
一九五二年、茨城県生まれ。大妻女子大学教授。著書に『宮沢賢治　明滅する春と修羅』（蒼丘書林、一九九三年）など。

そういう点でも、「銀河鉄道の夜」という作品のモンスター的な成立過程の流れが非常に好きなのでね。「よだか」はかなり初期に書かれているにもかかわらず、放り出されてしまったということは、賢治によって見捨てられた作品であるとも考えられるわけです。

最初に、宮川さんがどのように作品を並べているかを考えてみたんですけども、ほぼ校本全集もそうなんですけども、現存稿の成立の順序になっている。だけど、巻末に置かれている「よだかの星」と「ひかりの素足」はかなり初期の成立であるなと思いましたけど……。

宮川　晩年の作品である「銀河鉄道の夜」は本の容量の問題もあって入れることができない。となると、「よだかの星」と「ひかりの素足」の二つを入れておいて読者に「銀河鉄道の夜」を想起してもらう、そういう意図があったんです。

「やまなし」については吉本隆明*が、不思議なまなざしで書かれているって言いますよね。水槽の外から見たように川の様子が描かれているって……。絵本*になった「やまなし」を見ると、たしかにそういうまなざしを生かして、川を横から見たような絵を描く人がいますよね。

＊吉本隆明が、……　吉本隆明「宮沢賢治」（『悲劇の解読』筑摩書房、一九七九年所収）。

＊絵本になった「やまなし」　遠山繁年（偕成社、一九八七年）、小林敏也（パロル舎、一九八五年）などの絵本化の仕事がある。この『名作童話』の装画の川上和生さんにも「やまなし」の絵本がある（ミキハウス、二〇〇六年）。左はその表紙。

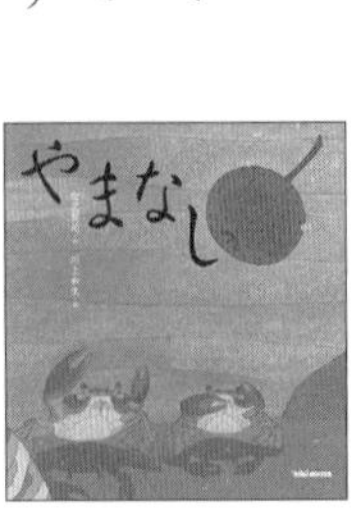

作品を生かしていくとそうなるんでしょうね。

天沢　＊「やまなし」の絵本あるいは挿絵を描いている人が何人かいるわけですけど、僕がいちばん好きなのは、佐藤義郎、のちの名前は佐伯義郎です。二匹の蟹が出てきますが、やまなしの実も二つにしたりして＊二重の風景みたいなものが、直感的にとらえられている。

「やまなし」の蟹たちは実際に考えてみると、谷川に住んでいる淡水系の蟹たちとしては非常に小さいわけですよね。小さい蟹たちや、小さいやまなし、それに比べると、かわせみなどはでっかいわけですよね。そこへこの恐ろしいのが来るわけです。そこは視線とか視点の置き方からいうと、そんな小さいものたちの目で追っていくと、思わず読みますよね。彼らの目線のスケールで物語を読んでいくわけですね。小さい物を拡大して読んでいくのではなしにね、非常に密度が高いわけなんですよね。

「やまなし」の問題点の一つは、二枚の幻燈に分かれていて、一つは五月で、一つは十二月。ご存じのように残っている下書き稿では後半は、十一月なんですね。これはもともと新聞社に渡した原稿というの

＊「やまなし」の絵本あるいは挿絵　賢治童話の挿絵については、天沢退二郎「賢治童話の挿絵・絵本はどのように可能か」（『《宮澤賢治》鑑』筑摩書房、一九八六年所収）参照。左は、いずれも、佐伯義郎装画による賢治童話集。

『貝の火』（日本書院、一九四七年）

『二十六夜』（日本書院、一九四八年）

が残っていないから、新聞社の誤植なのか、発表の段階で賢治が十一月を十二月に変更したのかどうかそれはわからない。たしかに十二月というと、気候的にはもう寒すぎて、やまなしが谷川に流れているわけはないけどね。

そこで谷川雁《がん》*が、最晩年宮沢賢治をやっていたわけですけども、長野県のどこかでやった講演を女房のお姉さんが聞きに行ったらしいんですけどね、そこで、「これは十一月である。十一月に変えないままで何も感じないのか。まったく自然というものがわかっとらん」と猛烈に悪態をついたらしいです。それで、昔*、文藝家協会かな、新しく会員になったものは会報にエッセイを頼まれるんですが、そこでもちょっと書いたんだけどね。たしかに十一月が十二月になっている。しかし十二月として読めば十二月としての、たしかにありえないシチュエーションの世界だが、それがむしろ幻想的なシーンになっているわけで、必ずしも季節が岩手県の現実に合わなければということではないとかなんて。のちに谷川雁とレストランで会ったんですけど、彼はあまり面と向かっては厳しいことは言わないんでね、「ちゃんと註を

＊二重の風景
賢治の詩「春と修羅」に、「すべて二重の風景を／喪神の森の梢から／ひらめいてとびたつからす」という一節がある。

＊谷川雁
一九二三〜一九九五年、熊本県水俣生まれ。九州の労働運動のなかで書いた詩人、評論家。のち、東京で「十代の会」「ものがたり文化の会」を主宰し、賢治童話をもとにした子どもたちの身体表現活動を育てた。「やまなし」に関する発言は、「やまなし考」（『賢治初

付けといてくれればいいんだよ」なんて言ってました。

宮川　『20選』もこの箇所の註はもう少し丁寧にすれば良かったかもしれませんね。

天沢　下書き稿を参照して、校異に註記するってことは全集でもやってきたんですよね。しかし、これはもう、発表形そのものの自筆稿はないしね。こういう形で新聞という、まあ地方紙でメジャーでないけど、そこで公表されたものではあるし、幻想的な世界で書かれてればってことでもあるしね。

宮川　「やまなし」は、語り手が蟹のところにずーっと入っていって、蟹の視線で川面を仰いだりというふうに書かれているわけですが、そういう小さな物にすっと語り手が入ってしまうというところが非常に面白いというか、不思議ですよね。

物語と現実

宮川　さきほどの谷川雁の話ですが、現実と照らし合わせて読む読み方というものがやっぱり賢治の読み方の中に抜きがたくあるのかな。

期童話考』潮出版社、一九八五年所収）参照。

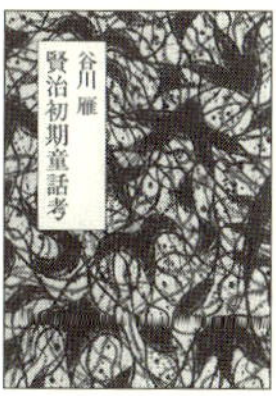

＊昔、文藝家協会かな、この文章は、天沢退二郎「『やまなし』について」で、のちに『《宮澤賢治》鑑』（筑摩書房、一九八六年）に収録。

花巻の現実と照らし合わせて読むというのは、面白くて有効であるということもいっぱいあるんですが、やりすぎるとかえって作品がわかんなくなっちゃう、台無しになるようなことはありますよね。

天沢　作品というのは、そんなにいろんなリアルにスケールがはっきりしなくていいんですがね。そういうことはみんなわかっている。

たとえば、ケネス・グレアムの『たのしい川べ』*。あれでは、ひきがえるが人間のおばあさんになっていたりする。あんなのスケールからいったらありえないわけですからね。そんなことを抵抗なしに読める。あれはもともと作者が自分の子どものためにこしらえた寝物語で、その段階、物語の成立のところでガタガタ言わないのが当然なんですよね。

宮川　ウクライナ民話の「てぶくろ」*なんていう、小さな手袋にたくさんの動物がどんどん入ってしまうという話もそうです。昔話的なものだと、客観的には無茶苦茶なことがどんどん起こってきますよね。そういう語り方が賢治童話の基層にはあるような気がするんですよ。「どんぐりと山猫」なんかもね。

＊『たのしい川べ』
原著は一九〇八年。最初の邦訳タイトルは『ヒキガエルの冒険』、石井桃子訳、英宝社、一九五〇年。のち、岩波書店、一九六三年。

＊「てぶくろ」
エウゲニー・M・ラチョフによる絵本で知られている。（うちだりさこ訳、福音館書店、一九六五年）

天沢　僕のベスト3に「狼森《オイノ》と笊森《ざる》、盗森《ぬすと》」を入れておいた。これなんかは「狼森」「笊森」「盗森」などはまさにそのとおりの名前で、今も二万五〇〇〇分の一の地図を見ればわかる。岩手山も出てくるし、そういう意味では、実際にドリームランドとして、岩手県ではなくてむしろイーハトヴがそのまま岩手県になっているんです。
　これは物語を見ていくと村人が引っ越してきて村を切り拓く話で、

台風の近づく中、天沢さん（中）と石井さん（左）と。

周りを狼森や笊森が取り囲んで、北風から村を守ってくれるイメージになるんですけど、地図を見ると本当はこれらの森はおよそ南から北へぽつんぽつんと並んでいるにすぎない。そこでは実際の地名を使って実情の配置なんかもわかったうえで、それにとらわれずに取り囲まれているように……わかっててもね。それは改変される点もありますけれど、それでたとえば物語の挿絵としては現実の通りに描かなくちゃいけないってことはないんですよね。

あとの二つは「風の又三郎」そして「ひかりの素足」かな。

宮川　「狼森と笊森、盗森」*は僕も好きなんですけど、何年にもわたって何かが盗まれてまた戻ってくるという一種の「交換」が行なわれるわけです。子どもと農具と粟、この三つがとても大事なものであるということが、交換するということで確かめられていく神話的な話のような気がして非常に好きな話です。

天沢　この話はいちばん最初から見ていくと、最初の何もないところから書き起こしている。このことから考えると、時間的な幅から言えば、これがいちばんスケールの大きな作品ですね。しかもだんだん草が生えてくるところで、草というものを「穂のある草や穂のない草が」あるという言い方をして、すべての草がここに入っちゃうんですからね。そういう言い方でもって分類的な言い方でなくて、穂のある、ないっていう言い方が面白い技法。そういう何千年以上のもののスケールがこの数行で鮮やかに草というすべてを、ものすごく簡潔に、そ

＊「狼森と笊森、盗森」は……宮川健郎「声と力」（「宮沢賢治研究Annual」一四号、二〇〇四年）参照。

れでいて、ディテールを使ったというところがね、やっぱり見事だね。これは好きな作品だね。

この物語全体が、黒坂森の所の大きな岩がしゃべった話になっているわけですが、ほかにも風が語ったりとか、いろいろあるわけで、その中でも語り手を岩にしているところがなんかピッタリしている。

何人かの男たちがやってきて、最初道案内した男が「どうだ。いいとこだろう」と、すでに下検分しているわけだよね。「どうだい」って言うと、他の男もいろいろと意見を言うわけですけど、そこでそのグループの誰がリーダーかというと、そのうちの一人が「じゃあここにするか」と言うが、その男があまりリーダーらしくない。しかし決定権はその男が持っている、それが自然にわかる。これは何回か大学の授業で使ったんですけどね、大学で一行一行やると何か月もかかる、そういう授業のしがいのある作品だね。

宮川　石井さん、この作品はどうですか。

石井　これは僕の場合「ナンセンステールとして『注文の多い料理店』を読もう」という、天沢*さんの評論を読んでから全集に入るとい

＊天沢さんの評論
天沢退二郎「アリス的世界・イーハトヴ」（『《宮澤賢治》鑑』筑摩書房、一九八六年所収）。副題は「nonsence taleとしての賢治童話」。次の頁で宮川が言及しているのも、この天沢さんの文章のこと。

う順番をたどってしまったから……。ちょうど今いただいた御著書*『《宮沢賢治》のさらなる彼方を求めて』の序説に天沢さんが賢治について最初に書かれたものを採録されましたよね。これが一九五七年で、私が一九五七年生まれなので、ちょうどそういう時間差なんです。狼森とか地名由来譚なのにもう先に名前が付いてるじゃないか、と。それをナンセンステールとして読む方法から宮沢賢治の世界に入ってる。あ、そうか、ナンセンステールとして読むのか、っていう驚きの印象が強いんですね。

宮川　僕なども、「どんぐりと山猫」の読み方なんかは、天沢さんの読み方に引っ張られている。天沢さんの「どんぐりと山猫」はナンセンステールにほかならないという発言に、そうだな、と思ったところから始まっている。それまで、「どんぐりと山猫」は意味を貼り付けられて貼り付けられて読まれていましたよね。「比較意識」とかね。*かつての萬田《まんだ》務《つとむ》さんなんかは、ものすごいです。裁判のお礼に塩鮭の頭と黄金のどんぐりを選ばせて、一郎が黄金のどんぐりを選ぶところについて、結局一郎は金や権力に惹かれている俗物だということが

***『《宮沢賢治》のさらなる彼方を求めて』**
筑摩書房、二〇〇九年。巻頭に、一九五七年に書かれた「宮沢賢治論序説」が再録されている。

***かつての萬田務さんなんかは、……**
萬田務「『どんぐりと山猫』ノート」（『宮澤賢治

わかるなんて言っている。それをナンセンステールだって言ったときに初めて「どんぐりと山猫」がわかるってことがありますよね。

石井　谷川雁さんもそうなんだけど、せっかく岩手県そのものじゃなくて、*わざわざドリームランドとかイーハトヴっていうふうに見立てて幻想のほうに行こうとしているのに、何も足を引っ張ることはないんじゃないかって思うんですよね。解釈するということをするとどうしても「実はここの土地のことだ」とか「この十二月では寒すぎておかしい」とか、これは賢治の仏教の考え方だろうとか、言いたくなるんだ、たぶん。私はそういう読み方でなく読みたい、というのが最初からあったので。

「ひかりの素足」は、迫力のある作品なんだけど、中に「にょらいじゅりょうぼん第十六」とかね、生のものが出てくる。そこがなんか引っかかる。

宮川　初期作品の特徴？

石井　そうなのかな。いきなり変形されていないものがぼんと出てきちゃう、異質な感じがする。吹雪で弟が死んでいく予兆があって、ぞ

研究叢書』第六巻、学芸書林、一九七五年所収）参照。

＊わざわざドリームランドとか……
一九二四年に「イーハトヴ童話」と銘打って、賢治の童話集『注文の多い料理店』が刊行された際の広告ちらしにはこう書かれていた。――「イーハトヴは一つの地名である。（中略）実にこれは著者の心象中に、この様な状景をもって実在したドリームランドとしての日本岩手県である。」（圏点原文）

っとするし、すごい迫力だけど。

順番の非凡さ

天沢　「どんぐりと山猫」に戻りますが、昔国定教科書の*小学校四年生用にあった。そのころの文部省で教科書を作ってたのは石森延男《いしもりのぶお》*ですね。石森延男の考え方がいろいろと、そう考えると読みとれる。六年生の最初の何か月かの単元は詩や短歌、三好達治とか北原白秋なんかがずーっとあって、当時の教師っていうのは声を出して読んでいただけですけど。いろいろ物語や短歌を教えるのではなくって、ひたすらただ読ませたんですね。「どんぐりと山猫」だってひたすら読ませて紙芝居を作らせた。

　そこで、この作品を授業で読まされたんですけども、この「おかしなはがきが、ある土曜日の夕がた、一郎のうちにきました」っていう第一行のすごさですよね。先ほどの話に出ていた谷川雁たちの「十代の会」が、最初英訳をつけたテープを作りましたが、あの時に「どんぐりと山猫」は越後谷何とか*っていう俳優が読んだんですが、間もな

＊国定教科書の……
一九四六年刊行の暫定教科書『初等科国語』四、一九四八年刊行の『国語』第四学年・下。

＊石森延男
一八九七～一九八七年、札幌市生まれ。国語教育学者、児童文学作家。太平洋戦争後、図書監修官として、最後の国定教科書を編纂する。

＊越後谷何とか
越後谷栄二。岩手県湯田町出身の声優。

くその俳優は死んじゃいましたけれど、この「きましたッ」というところが、まさに「やってきた！」というようなすごい迫力だったわけです。すると、いったん子どもたちがこの一行で圧倒されて、ぱっと物語に吸い込まれた。

よく読んでみると、普通に考えれば順序は、「ある土曜日の夕がた」が先に来てね、「ある土曜日の夕方、一郎のうちに、おかしなはがきがきました」となる。いきなり「おかしなはがきが」となっているこのフレーズの順番になっているというのが、まさに非凡だよね。そういうことに朗読者が注目して読んで、ものすごい迫力が出るわけ、相乗作用でね。そういうふうに、賢治はやさしい言葉で、やさしい言い方で書いてあるが、句読点で限られている言葉の順番がね、実に鮮やかなんだね。

その点まったくダメなのが新美南吉ね。そういういきなり「おかしなはがきが」なんていう、引き込むような言葉の構造がないね。ここで南吉の悪口を言ってもしょうがないが。

この「どんぐりと山猫」をはじめとして、「注文の多い料理店」、さっきの「狼森」もね、最初男たちがいたとして、その男たちの言うことの順番とか役割。最初案内する男がいる、それから細かいところにこだわるやつがいて、いろいろいる。最終的には案内した男の「どうだ。いいとこだろう」と言ったその男の言いなりになるんじゃなくて、聞いていた中の男が「よし、そう決めよう」と言う。そういう人物たちのどういう役割がどういう順番で出てくるか、言葉や登場の順番、そういうところが賢治の素晴らしいところですね。「鹿踊りのはじまり」の方言短歌の順番にしてもそうだよね。

「言葉や登場の順序が面白い」と天沢さん。

順番ということに一時僕は着目していろいろ書いてみたりした。岩波書店の『石井桃子集』*の「ノンちゃん雲に乗る」の解説をやったんですが、ほかに「三月ひなのつき」という短編が載っている。「三月

＊『石井桃子集』 全七巻。「ノンちゃん雲に乗る」「三月ひなのつき」のおさめられた第一巻は、一九九八年刊。

＊「ペンネンネンネンネン・ネネムの伝記」 生前未発表。「グスコーブドリの伝記」と違って、ネネムは、フゥフィーボー博士の教室で一日で卒業試験に合格し、博士の紹介で世界裁判長の職に就いて、ばけものたちを裁くことになる。

ひなのつき」では、おひな様を順番に出してくる、それだけの話なんだけど、行列をなしているあの順番というものが、作品を成立させているということを強調したんですけどね。

当時の、とくにうなずけたことの一つには、「マトリース」というフランス語がありましてね、「マトリース」とは「母胎」。グスコーブドリの物語のいちばん始めの形態「*ペンネンネンネンネン・ネネムの伝記」だけれども、中村稔がね、「のちのグスコーブドリ系列の母胎というふうには言えない」と言う。でき上がっていく順番としてはネネムの伝記があって、それからだんだん書き直していくんだけれども、グスコーブドリにある基本主題というものが「ペンネンネンネンネン・ネネム」にはないからと*中村稔は言う。

一方で何が母胎かって考えていく場合、そこでいろんな考え方があると思う。母胎というフランス語には、数学用語で一つ「行列」という意味もある。そこで行列という構図を持っているというのはね、ある文学作品を論じる場合も「母胎」というものを探っていくと共通したタームとなる、ということがあるわけです。とくに一時期、これに

＊中村稔は言う
中村稔『定本宮沢賢治』（七曜社、一九六三年）参照。中村は、二作品の「決定的なちがいは、ネネムは農民の中に戻っていかなかったという点にある」とする。ブドリは、イーハトーブ火山局に勤めて、冷害をくいとめようとするが、ネネムは、世界裁判長となる。中村稔は、一九二七年、埼玉県生まれ。詩人、弁護士。一九九四年に『宮沢賢治ふたたび』（思潮社）も刊行した。

着目して言ったことがあるわけです。そういう意味で言うと、賢治の作品にはいろんな順序、順番、行列というか、これを着目するだけでも非常に面白いことが出てくる。

まだ推敲中の「風の又三郎」

宮川　「風の又三郎」は、どうでしょう。石井さんは、迷ったけれど、ベスト3には入れなかった……。

天沢　「又三郎」は推敲過程の途中だとおっしゃった。

石井　賢治の作品はすべてですけど……。改めてこの本の中で読んでいったら一郎が孝一（幸一）になり、一郎なのに兄がいる。じゃあ兄はどんな名前かなどといろいろ考えてしまう。場面場面は鮮やかなんだけど、通してある速度で読んでいくと、まだ、こういうふうな形で読まれたかったのではないんじゃないかなと思う。

天沢　九月一日から十二日までそれこそ序列は変わらないと思う。細部ではいろんな問題は確かに残っているけどもね。「児童文学」*という雑誌に発表するつもりで彼はかなり終わり近くまで書いていたわけ

＊「児童文学」　詩人・佐藤一英編集の雑誌。文教書院刊。一九三一年七月刊行の第一冊には、賢治の「北守将軍と三人兄弟の医者」が、一九三二年三月刊行の第二冊には「グスコーブドリの伝記」が掲載された。

『児童文学』第一冊

ですよね。そこで一郎が幸一になっているのはどういうことか、これはなかなか仮定を立てるのが難しくてね、去年も宮沢賢治学会のセミナーでその問題をみんなで考えたけれど説得的な結論は出ませんでした。

これはとくに九月二日という章にあって、最後に成立している。だからといって最終的に全部一郎を幸一にするつもりだったとは考えにくい。「風の又三郎」は、九月一日は九月一日として、二日、四日、六日、七日、八日……というような章ごとに成立している。それぞれにまとまっている。そういうふうに考えると二日の幸一になったところは、成立が賢治の死ぬ年の二月で今の形になっている。もう少し時間があったら一郎になっていたようにも思いますがね。

また、だいたい基本的には一九三一年か三二年の黒インク手入れというのがほぼ最終形だが、九月二日の章には黒インク手入れがない。ということは現存稿の順番では九月二日で最後になっている。黒インクの手入れが最終手入れだってことになると、矛盾が残る。

宮川　ではそこでは一郎になっただろうと……。

僕が九月二日を大事だと思うのは、教室の場面が描かれているところで、又三郎が鉛筆を友達に貸すいきさつを書いたところがありますよね。「先生は向うで一年生の子の硯に水をついでやったりしていましたし嘉助《かすけ》は又三郎の前ですから知りませんでしたが幸一はこれをいちばんうしろでちゃんと見ていました」っていうのがあって、幸一ないし一郎が、又三郎が非常に現実的な行動をするところを、一人で目撃してしまう。嘉助のほうは、九月四日にガラスのマントの又三郎という非現実的なものを見てしまう。作品は、転校生は誰かということについて、嘉助の見方と一郎の見方が対立するというのが軸になりますから、九月二日のここが*作品を作っている場所のような気がして、すごく大事だなあと思う。

天沢　ほかに、ここで出てくる「消し炭*」というモチーフは、彼の創作メモをみるとかなりこだわっていて、「消し炭がはやる」なんてこともあったりする。消し炭はいったい何だったのかというのは去年のセミナーでもずいぶんやったんですけどね。

消し炭というのはいろいろな特徴を持っていて、実際には字を書い

＊九月二日のここが……　このことについては、宮川健郎「宮沢賢治「風の又三郎」紀行――〝二重の風景〟への旅」（『宮沢賢治、めまいの練習帳』久山社、一九九五年所収）参照。

てもこすると消えちゃうのでね、あまり持続性がないわけだよね。また消し炭が非常に着火しやすいという特徴はね、一つのポイントだと思う。もう一つは、まあこれは去年のセミナーでも、僕が最初基調報告をやって、それからみんなでわいわいやったんだけど、僕が考えていることと実は合わないので隠していたことがありまして。

それは、消し炭というのは、完全に木を燃えつくせば灰になっちゃうんだけど、ある時点で燃焼を止めると、かなり純粋な炭素になって薬にもなっている。今も活性炭というのがあるよね。僕は子どもの頃、胃腸の薬というものが家に置いてなくて、活性炭がガラスの瓶に入れてあった。下痢をすると、父親はシベリアに行っていて母親は勤めていましたから、下痢なんかは自分で治すしかないので、活性炭を匙で一匙飲むと止まっちゃったりしましたね。そこでやっぱり高田三郎君も父親と二人だけで生きているわけでしょ。お腹壊したからってたとえば父親が準備したかもしれないけどね、そういう点では消し炭に薬としての効能というものがあった。それが非常に大きなポイントだったんだよね。

＊「消し炭」というモチーフ

「風の又三郎」の「九月二日」のおしまいは、「すると又三郎はどこから出したか小さな消し炭で雑記帖の上へがりがりと大きく運算していたのです」。

又三郎は、極論すれば医者である、医者、つまり治癒神物語ではないか、そういうふうに考えると、九月二日の章の消し炭はなかなか奥が深いということになる。

宮川　たしかに名前の異同などはあるんですけど、僕は、石井さんがおっしゃるようには思わなくて、天沢さんの言葉を借りると「*作品行為」のただ中に立ち会うことができるような、むしろそういう楽しみを感じることが終わってしまっていないという感じがします。ほとんど書き終わっているんだけど、作っていく過程にどこかで自分が参加できるというそういう楽しみはあると思うんですけど。

石井　それはプロ好みな読み方だよね。普通の人が読めば「えっ」ってことになる。

天沢　小学校二年のときにほとんど賢治童話は読んだんですが、そのとき最初に読んだのが「風の又三郎」、最初に読んで印象が本当に強かった。

その頃のテクストは、*宮沢清六さんが相当に校訂している。賢治がまだ無名だったときは清六さんがいろんな矛盾をそのままにしないで

＊「作品行為」
天沢退二郎『作品行為論を求めて』（田畑書店、一九七〇年）『夢魔の構造—作品行為論の展開—』（同前、一九七二年）など参照。天沢さんは、たとえば、フランスの作家・評論家であるモーリス・ブランショの「本当に語っているのは自分じゃなくて、作品が作家を通じて作品自体を追求しているというふうに作家は考えなければならない」という言葉を引き合いにして、考えようとする。

合理的に手を入れているし、それから花巻弁のセリフもね、もう少し常識的な、いかにも田舎弁風にはなっているけど、原稿はそんなもんじゃない。そういういろいろ配慮があって作られたテクストを読みました。その点はちょっと割り引かなくちゃいけないかもしれないね。

宮川 僕は小学校六年生の頃、角川文庫から当時三冊出ていた*賢治童話集で、賢治童話を主なもの三十数編を読んだんですけどね、いちばん印象的だったのが、「グスコーブドリの伝記」の母胎かもしれない「ペンネンネンネンネン・ネネムの伝記」でしたね。「風の又三郎」を読んでいる感じに近くて、作られていく過程に立ち会っている面白さを感じましたね。中村稔さんは、ある主題を「グスコーブドリ」に読んでいくから、主題読みだと母胎にならないかも知れませんけども、そうじゃなくて作品の持っている、うねりとかから考えていくとやはり「ペンネンネンネンネン・ネネム」は母胎だと思いますけどね。

天沢 母胎ということは、どういうところを着目して母胎ということかってことでね、またいろいろな読み方はできますけどね。

＊宮沢清六さん 一九〇四〜二〇〇一年。賢治の弟。兄に代わって、家業を継ぐ。兄の遺稿を大切に整理・保存するとともに、すべての賢治全集の編纂に関わり、多くの人々に賢治が読まれていく道を開く。著書に『兄のトランク』（筑摩書房、一九八二年）など。

＊角川文庫から当時三冊出ていた…… 一九六〇年代後半に出ていた『注文の多い料理店』『セロ弾きのゴーシュ』『銀河鉄道の夜』の三冊。「ペンネンネンネンネン・ネネムの伝記」は、「グスコーブドリの伝記」の収められた『セロ弾きのゴーシュ』に付録として収録されていた。

石井　「風の又三郎」はあまりに有名になってしまっているけれど、素朴に子どもにとっての作品の魅力は何なのか。子どものとき読んだって聞きましたが、この作品の良さって何でしょう。

宮川　それは、転校生が誰なのか最後までわからないところが面白い点だと思う。大人になってから整理してそう思ったのかもしれないけれど、根っこのところでそういう読み方もあったと思いますけど、僕はね。

天沢　具体的に読んでいくとね、天候の変化と、自然の変化と、子どもたちのおそれとか喜びとかが実に鮮やかに反応している。ああいうところ、とくに最初の九月一日に風の又三郎がやってきたときに、風が吹いてきて草が波立っている。そのときに、変な新入生がにやっと笑った「ようでした」ってあるでしょう、ああいうところがまったく風の又三郎の不思議なところで、子どもたちの心理がびんびん反応し合ってる、そういうものが至る所にありますよね。

宮川　石井さん、学校を転校していないでしょ？（笑）

石井　してないね、それに読んだのは大人になってから。高校生かな。

宮川　僕は小学校六年の時に転校しているからね。天沢さんは敗戦で満洲から帰ってきてらっしゃるから当然転校はありましたよね。

天沢　小学校は四つ、中学は三つ変わっている。

石井　転校してないと理解できないの？（笑）

宮川　いやいや、そんなことはない。

天沢　高田三郎君が転校してきたとき、みんなが振り返るよね。三郎を先生が紹介するわけですけど、「奥歯で横っちょに舌を嚙むようにして」って書いてあるでしょ。僕は五年生の時に新潟県から千葉県の小学校に転校したんだけどね。やはり廊下の外にいるときから新しいクラスの連中は好奇心満々でちらちら見ているわけね。そして先生が紹介してくれるわけだけど、やはり僕はその時、口の中で横っちょに嚙むような……風の又三郎を思い出して真似した訳じゃなくてね、同じ「横っちょに舌を嚙む」ようなことをしたんだよね。しませんでしたか？

宮川　気分としてはそういう気分でしたね。でも賢治は転校してないんだよな。

賢治童話の二つの書き方

天沢　「ひかりの素足」はですね、我々が読んでいるのは、厳密に言うと原稿最終形態ではないんですね。最初の二枚目あたりまで全面的な書き直しを試みていて、子どもの名前もペルとかゼルとかね、カタカナ文字だったりした。でもあるところまで行ってそれは中断して元に戻るというか、あとはその推敲をしていない。

　ということは、賢治童話は大ざっぱに言って二通りあって、「ポラーノの広場」のようなイーハトヴヴァージョンのものと、「狼森と笊森、盗森」のような岩手ヴァージョンとある。どちらもまあイーハトヴ童話なんだけどね。「ひかりの素足」はある時点で、ベルとかゼルとかって「ポラーノ広場」的に直そうとした。方言も使わず、標準語的な、そう仕掛けてそれをやめた。あれを最終形までやれば、『校本全集』でもそれを本文にせざるをえなくなったろうね。

　それはもしベルとかゼルとかしていたらね、途中で弟の楢夫が変ないじめにあってね、又三郎になんか言われたってところがありますよね、あそこで又三郎を出すわけにいかないから、おそらく賢治はあそこの直前でハタと止まったと思うんだよね。それであのシーンをやめるというのも問題があるし。

イーハトヴヴァージョンと岩手ヴァージョンの違いはどうかっていうと、そこは説明しにくいんだけども、何年か前に岩手大学で講座をしたことがあるんです。

そのときに喩《たと》えを使ってね。それは、地面に大きなスコップを差し込むと土や草が載りますよね。これをそのまま物語になっているのが岩手ヴァージョンでね、それを持ち上げて宙にかざして地面から離してしまうとイーハトヴヴァージョンになる。というふうに考えた。そうすると、この「ひかりの素足」の場合は、いったん地面から土や草をいったん切り離して、ある普遍化する所へ持ち上げようとしてやめたわけですよね。

これはさっきの又三郎の言葉だけじゃなくて、後半のうすあかりの国では子どもたちが標準語をしゃべる。あそこの思い入れというのは非常にあって、あれができなくなっちゃうわけだから、直さざるをえなかっただろうと思うね。あの違いはどう思われますか。うすあかりの国に入ったとたん、あの楢夫でさえ標準語をしゃべるっていうのは。

宮川　それで、世界が区別されてしまう。その書き直しっていうのは、「銀河鉄道の夜」みたいな作品にしたいっていうことだったんでしょうかね。でも「ひかりの素足」の場合はもっと宗教的なものにだいぶ引っ張られてしまうというのがあるんでしょうか。

天沢　それこそ「にょらいじゅりょうぼん」に？　しかし「ひかりの素足」の草稿表紙には、赤インクで「恐らくは不可」とか、否定的な書き込みがあって、のちには推敲や改作はされずに終わった。「によらいじゆりやうぼん」とあるのもその原因か。他の詩や童話でも若いときの原稿では、仏教説話なんかもろに出てきているところは、のちになくしている。詩の場合でも、＊「阿耨《あのく》達池《だっち》幻想曲」という詩では一行一行の間には経文が入っていたわけですが、全部賢治が消しゴムで消している。しかし、この「如来寿量品」の出現は、やはり感動的で、賢治も捨てきれなかったか。

石井　「……かすかな風のように又匂《におい》のように一郎に感じました」っ

＊**「阿耨達池幻想曲」**
「こけももの暗い敷物／北拘盧州《ほくくるしゅう》の人たちは／赤い実をピックルに入れ／空気を抜いて瓶詰にする」と書き出される詩。阿耨達池は、インド雪山中の池。

ていうのがいいですねえ。

宮川　イーハトヴヴァージョンと岩手ヴァージョンというのは面白いなあ。どこでピントが合って作品が成立するか、というような話ですね。

天沢　たしかに「銀河鉄道の夜」*や「ポラーノの広場」*の中に嘉助が出てくるとか、それは基本的にないことになっていますよね。「銀河鉄道の夜」での二人、かおるとただし、あれはまた話が違う。

　賢治の死んだときの枕元に原稿の山が二つあったんだけど、詩の山と童話の山とほとんど紙が混じり合ってないというのは面白い話ですが。一方で童話の山の中がね、イーハトヴヴァージョンと岩手ヴァージョンとはそれは分けていなかっただろうけどね。

読むことと書くこと

宮川　「ベスト3」を選ばれた理由の交流などをしました。僕は賢治はもちろんですが、天沢さんの童話や詩も読ませていただいて、それらを通して賢治を感じるということもあるんです。石井さんもたぶん

＊「**銀河鉄道の夜**」
生前未発表。登場するのは、ジョバンニとカンパネルラ。

＊「**ポラーノの広場**」
生前未発表。登場するのは、レオーノ・キュースト、ファゼーロ。

同じ経験をしていると思います。そういう意味で、天沢さんの創作についても伺いたいんですが。
　思潮社の現代詩文庫で何冊か詩集をお出しになっていらっしゃいますけども、最初の『天沢退二郎詩集』*の後ろのほうに「自伝あるいは損をするための書き流し」という文章が載っていて、最初に『グスコーブドリの伝記』を読んだときのことが書かれていました。それが何年生でしたか。……小学校、いや国民学校二年生でしたか？「八畳に腹ばいになって『グスコーブドリ』を読み出し、一気に読みおえてふと気づくと、もう夕方で、部屋の中もすっかりうすぐらくなっている。ながい人生をひとつたどりおえたという実感」は、それはこの本のことですか？　昭和十六年の羽田書店版*の『グスコー・ブドリの伝記』の復刻版です。この本に出会ったことは、どんなふうに覚えていらっしゃいますか？

天沢　最初は父親が『風の又三郎』*を借りてきてくれて、「銀河鉄道の夜」、そして僕が面白がったので『グスコー・ブドリの伝記』は買ってきてくれたんですね。だから比較的借りたものに比べると長時間

＊『天沢退二郎詩集』　現代詩文庫11、思潮社、一九六八年。

＊羽田書店版の『グスコー・ブドリの伝記』　一九四一年。童話八編と「雨ニモマケズ」を収録。

繰り返し繰り返し読むことができたわけですけどね。

宮川　「損をするための書き流し」によれば、友達に貸しっぱなしになってしまったんですよね。横田のり子さんでしたね。

天沢　その後、横田のり子さんから一度手紙がきましてね。自分はあの頃のことはまったく何一つ覚えていないと。敗戦前後の激動のことは非常に詳しく覚えている人と、逆にショックでまったく覚えていない子どもがいるんですよ。

「父が借りてきた又三郎が最初」と天沢さん。

宮川　これは満洲時代ですよね。

天沢　宮沢賢治を読む前に「良い子の友」っていう雑誌に出ていたファンタジーの話があって、それが最近何だかわかったんですが、作者は*室生犀星《むろうさいせい》だったんです。室生犀星の「からすやいたちのおまつり」という話、動物ファンタジーでね。ちゃんとコピーを送ってもらいまして、何かの形で発表した

＊『風の又三郎』
坪田譲治編、羽田書店、一九三九年。童話六編収録。

＊室生犀星
一八八九年〜一九六二年。詩人、小説家。「からすやいたちのおまつり」は、「良い子の友」一九四二年二月〜四三年一月。

いと思っているんですけど。

宮川　犀星*なら全集には入ってはいるでしょうけど。

天沢　全集にはどうか、入っていないかも。というのは雑誌というのはほとんど稀覯本でね、以前に大阪国際児童文学館で調べてもらったら、パラパラとしか存在していなくてその連載を読んだあたりの号はなかったわけ。あそこに遠藤純*さんという人がいて、もう一回聞いたらね、その後ちゃんと買い入れてほとんどそろっていた。私が愛読したファンタジーがちゃんとそろったわけ。

　その「からすやいたちのおまつり」は終戦前にすでに単行本になっていてね、その単行本のタイトルは『山の動物』*っていうわけ。つまりそれだけ字面だけ見ると全集編纂者たちはこれがファンタジーであるとわからない。なぜそうしたかというと、おそらく敗戦直前の出版事情からいうとファンタジー的なものはとても本にさせてもらえなかった。『山の動物』みたいな文学色も政治色も何にもないようなタイトルだと本になった時期なんだよね。

宮川　「母の説では作者は宇野浩二*だったというが、私にはそうは思

＊犀星なら……
『室生犀星童話全集』全三巻（創林社、一九七八年）のうちの第一巻に「山の動物」として収録されていて、読むことができる。

＊遠藤純さん
一九六八年、京都市生まれ。児童文学研究者。著書に『「もの」から読み解く世界児童文学事典』（共編著、原書房、二〇〇九年）など。

＊『山の動物』
小学館、一九四三年。

えない」とありますね。

天沢　宇野浩二*と室生犀星なら当たらずとも遠からずかな。タイトルが「何とかの祭り」だっていうのは母の記憶通りなんだ。

宮川　天沢さんの最初の詩集『道道』*の「ぼくの春」などを読むと、「あるいはへんにあかるい松林のはずれで」のあたりでどうしても「あ、賢治……」と思ってしまうんですけど。賢治の語彙を取り込みながらお書きになるっていうことはあるんですか、賢治を読むということとご自分で書き出すっていうのと、どういう関係にあったのでしょうか。

天沢　賢治のテクストを読み、その語彙の影響や記憶が自分の中にあるかっていうと、それはやっぱりないんだよね。賢治がシャープペンシルと手帳を持って詩を書いたっていう、その真似はしました。でも、それは言うは易くして、ということでね。

　つまり、書いているときは書いていることしか見えないんだよね、周りの景色を見て感じているっていうけどね、そんなものは書くほうはね、まったくおろそかになるわけなんです。そんな並行してやるな

＊宇野浩二
一八九一～一九六一年。『苦の世界』ほかの小説家だが、「春を告げる鳥」など二〇〇編近い童話も発表した。

＊『道道』
舟唄叢書、一九五七年。

んてことはおそらく賢治だって最初は難しかったんだよね。最初期の賢治の手帳では、詩の走り書きがたくさん残っているものはないんだよね。そういう手帳はほとんど残っていない。後年の手帳で書きなぐった詩をそのままちゃんと書き写してきちっと全集にも載っているというのもありますけどね。それは晩年のうんと書き慣れたときのであってね。最初はね、そうはいかない。

そうすると歩き回るときは書くことを考えないでね、私も林を行き当たりばったりに彷徨しながら、帰ってから家で詩を書く。そういうときもいろいろ思い出して書くわけではなく、まったくフィクションとして書くわけだ。ほんとうに見たり聞いたりしたことでなくてもね。そういうときに若干賢治のボキャブラリーが紛れ込んでくるわけですよ。それはできるだけ排除しようと思っていましたけれどね。

石井 取り込むのではなく排除しようと……。

天沢 とくに排除というほどでもないが、とにかく自由でありたいと思っていましたからね。

宮川 ただ、賢治の語彙ということではなくても自分の中でどうしてもこうでなくては言えないってことはありますよね。

最近ピュアフル文庫でリニューアルした『光車よ、まわれ！』を読み直したんですけど、冒頭は「風の又三郎」が終わったあたりから始まるような、そんなふうにも僕は読んだんですけど。雨が激しいところから始まりますよね。その辺は何か……。

天沢　いや、その辺の意識はないんですがね。

宮川　石井さん、天沢さんの童話についてはどうですか。

石井　『水族譚』*に「童話のリアリティー」というエッセイがありますよね。妹さんの話が出てきます。あれが笑えますね。本当にあういう会話だったんですか。

天沢　まあそうですね。

石井　一生懸命賢治童話のおもしろさを妹さんに語っていたら、なんかつまんなそうに聞いている。「でもあたし、動物が口をきくなんて思わないもの」なんて身もふたもなかったという。でも、そういうふうに言う人っているでしょうね。

天沢　親父とはそういう話をあんまりしたことはないんだけどね、テ

＊『水族譚』
大和書房、一九七八年。のちにブッキングから復刊された（二〇〇五年）。
ブッキング版

レビでいろんな人形みたいなものがいろいろしゃべったりする番組が子ども向けに増えたでしょう？　親父が怒って、そんなことはないんだから、こんなものを子どもに見せちゃいかん、なんてね。最近はまたいろいろやりすぎっていうか、ファンタジーを原作にした映画がたくさんありますけれどね。本当にあれはやりすぎ、できすぎのものが多く、あれではファンタジーではなくなってしまうものがあります。

石井　それこそ、空想して頭の中に思い浮かぶべきものが、目の前にベタベタ実在してしまうので、まぼろしを見ているんじゃなくてただ見ているだけということになりますよね。

宮川　幻視する仕組みを失ってしまう。

石井　だから、妹さんの現実あっての文学ってことなんだけど。

宮川　そこで文学が輪郭を持ってきたわけだ。

石井　読んですごく納得したような気がした。

賢治との出会い方

宮川　石井さんは、最初の賢治文学との出会いは？

石井　僕は子どもの頃にあんまり読んでいなくて、思春期以降、高校ぐらいです。
人がどういう順番でどういう文学に出会うかで文学観が決められちゃうところがあってね。先に読んでいたのが芥川や太宰だったので、なんかこう読んでくとやがて死に至りそうな、自我とか我執とか、そういうところで作品を成立させている。文学はそういうもんだと思ってた。で、あるとき賢治の「鹿踊《ししおど》りのはじまり」を読んで、「あ、文学はこれでもよいのか」というふうに思った。普通は子どものときに童話を読んでいて、やがて芥川、太宰に進む……それと逆かな。

宮川　いや、そういう順番が普通かどうかはわからないですよ。

石井　でも、小学校のときに芥川を読んでいたのは間違っていた気がする。

「文学は、これでもよいのかって思いましたね」

だから、心理主義の袋小路に入っているのを解いてくれる、ほどいてくれるのが賢治だった。ただ、「鹿踊りのはじまり」を読み直してみると、最後に嘉十《かじゅう》が苦笑いをする。苦笑いを書いているところが凄かったのかな、なんてちょっと思ったりしました。単純に礼賛しておしまい、現世から幻想にトランスしておしまいっていうんじゃない、と感じますね。

宮川　その苦笑いは、芥川や太宰に重なる？

石井　かもしれないね。同じ時期に小川未明も文庫本を手にとったりしました。小川未明はいくつもは感心しなかったんだけど、「薔薇と巫女」とか、「大きな蟹」とか、ほとんど筋がないもの、あれは、同じように作用した。文学はこれでもいいのかって。出会い方の順番っていうのは、自分では動かしようがないから。

宮川　やっぱり読書体験の残像の上に読んでいくからね。でもそれはたまたまのような必然のような……、誰でも順番はあるんだよね。

天沢　中学三年ぐらいのときかな。新潮文庫で『坪田譲治童話集』*と『小川未明童話集』*とが出ていてね、わりと面白かったね。

＊『坪田譲治童話集』新潮文庫、一九五〇年。
＊『小川未明童話集』新潮文庫、一九五一年。

坪田譲治のは、波多野完治の編・解説で、ほとんど子どもが死ぬ話ばかりなんですね。とくに「童心の花」*という短編があって、あれは同じクラスの女の子たちが「なんとかチャン捕りたい、花一もんめ。サッサッサッ」っていうのが聞こえてくるっていうところから始まって、その子どもたちが次々死んでいくわけなんです。最終的には女の子が死んじゃったあと、翌年、次の世代の子どもたちが集まって「花いちもんめ」をやっているところで終わるわけですけどね。次々女の子たちが死んでいくのが何で面白いかね、何でかわからないけどね。今思うと、面白いですよね。「童心の花」っていうタイトルはちょっと……ですけどね。

宮川 「童心の花」は小説として発表されたんでしょうね。坪田譲治は未明と違ってわりと区別がはっきりしていて、童話では案外子どもを死なせないんですよね。

天沢 同じストーリー設定だけど、川の中に飛び込んじゃってね、死ぬ小説と死なない童話があってあれは典型的ですね。

宮川 「善太の四季」*という小説と、そのもとになった、いくつかの

*「童心の花」
初出は、「日本評論」一九三六年八月。

*「善太の四季」
坪田譲治の童話「手品師と善太」（「赤い鳥」一九三三年一一月）、「コイ」（同前、一二月）、「スズメとカニ」（同前、三四年二月）をもとにつくられた小説。『お化けの世界』（竹村書房、一九三五年）所収。

童話のことですね。

天沢　善太と三平ものっていうのはあんまり好きじゃないけども、その前に正太っていう子がいて*「正太樹をめぐる」なんていうのはやっぱり感心したよね。

宮川　その面白かったのと賢治の面白かったのと、どこかつながっているところはありますか？

天沢　それは、あんまりつながってないね。

石井　時代的には一時期かぶったりしているけれど。同時代の作家は、あまり比べたことがない。未明、南吉、賢治もね。

宮川　うん、*文学史的にも賢治は、最初から孤高であると言われているわけだけどね。

石井　やはり作品自体にそういう性質があるんじゃないかな。児童文学史の中では賢治の横には*稲垣足穂《たるほ》や*内田百閒《ひゃっけん》を持ってくると孤立しているというふうには言えなくなって少しつながりが見えてくるんじゃないかといわれているんですが、その辺、天沢さんどうですか？

天沢　よく比べられるけども、それぞれ違うからね。内田百閒は好き

＊「正太樹をめぐる」
『新小説』一九二六年八月。天沢さんは、「〈読み書き〉の夢魔を求めて」（『《宮澤賢治》論』筑摩書房、一九七六年所収）でこの作品に言及している。

＊文学史的にも……
たとえば、菅忠道『日本の児童文学』増補改訂版（大月書店、一九六六年）は、賢治を「中央の詩壇・文壇とかかわりなく、また文芸思潮の潮流とも無縁であった」としている。

＊稲垣足穂
一九〇〇～七七年、大阪府生まれ。小説家。『一千一秒物語』（金星堂、一九二三年）など。

＊内田百閒
一八八九～一九七一年、

だけどね。ぼくはそういう意味でわざと比べてみたのが賢治の「二十六夜」*という童話がありますが、仏様が出てくるやつね、あれと比べるのは、上田秋成「雨月物語」だね。「二十六夜」はある種怪奇小説というふうに読めば重なるというか……。

引き込む力

宮川　さっき、天沢さんが南吉は賢治みたいにぐいっと引き込む力がないっておっしゃったけれど、たしかにそうだとも思います。

石井　南吉*は「ごん狐」のどこを鈴木三重吉に直されたかという研究がありますね。南吉のノートに書きとめられた原稿を見ると、誰それさんが話してくれた話です、という形をとっている。宮川さんも『新美南吉30選』の解説で書かれている語りの形です。さあこういう場所をつくりました、さあここでお話が繰り広げられます、というように手続きを踏んでいる。が、賢治はそれとは対極。「どんぐりと山猫」でもいきなり、「おかしなはがきが」なんてきちゃう。ずーっとあった話の断片がいきなりがーっと降ってくるような感じが賢治にはあっ

岡山県生まれ。小説家、随筆家。短編集『冥途』（稲門堂書店、一九二二年）など。

＊「二十六夜」　生前未発表。「旧暦の六月二十四日の晩でした」と語り始められる。フクロウの子の穂吉が人間の子どもにとらえられるが……。天沢退二郎「『二十六夜』を織りなすもの」（『《宮沢賢治》のさらなる彼方を求めて』筑摩書房、二〇〇九年所収）参照。

＊南吉は「ごん狐」の　府川源一郎『「ごんぎつね」をめぐる謎―子ども・文学・教科書―』（教育出版、二〇〇〇年）など参照。

て、南吉とはかなり違う感じがする。

宮川　そう、南吉が、順序立てて話して行くようなところはむしろ現代児童文学に近いと思いますよ。

石井　ああ、そうか……読者に優しい？

宮川　というか、説明的。現代児童文学というのは説明しようとしていますからね、社会との関わりとかね。

石井　でも、単純には言えないか……、「イギリス海岸」なんかはそうでもないか……。

天沢　「イギリス海岸」にはまた表わし方がいろいろ違ってね。ある程度まで書いてそこまでを生徒たちに読んで聞かせて、またそこから始める……。

石井　そう、たまたま昨日読んで、あ、八月九日*だと思った……。

天沢　これもまた前に書いてあることなんですが、賢治の場合、いきなり「そのとき」っていう四文字から始まるわけね。「そのとき」って何のことだかわかんないわけでね、そのときっていうだけで物語のそのときなんだっていう有無を言わせず物語が始まっちゃうわけなん

＊八月九日
「イギリス海岸」の作中、作品が書かれたとされている農場実習の九日め。

です。
「そのとき」っていうのは、法華経なんですよね。法華経のあるかたまりの始めのときで「そのときお釈迦様は弟子に向かって言った」というように始まる。つまりそのときって言うともう、お釈迦様の話なんだなっていう、どのときなのかなと考える余裕がないわけ。

宮川 宇野浩二の「蔵の中」*は「そして」で始まります。

天沢 でも南吉の「川」っていう作品は、「四人が川の縁まで来たとき」というふうにいきなり始まっているんですよね。

宮川 この間、高田で未明の鼎談のときに、たぶん未明は作品を書くのが速くて、一筆書きみたいに書いていたんじゃないか、うまくいった作品、たとえば「大きな蟹」なんかはそうだったんじゃないかって言っていたんですが。
賢治はいきなり引き込む力を持っていて、まあ未明も成功した場合はいきなり引き込む力を持つことはあるんだけれども、ただ賢治は一筆書きのように書いていたかっていうと、そうではなくて構築されていますよね。「風の又三郎」とか「銀河鉄道の夜」なんかがつくられ

*「蔵の中」 「文章世界」一九一九年四月。書き出しは『そして私は質屋に行こうと思い立ちました』。

ていく過程を天沢さんたちの調査研究などから知りますと、かなり構築しているような感じがしますけどその辺はどうでしょうか。

天沢　賢治自身「少年小説」*と称したあれらの長い童話は、それぞれ幾通りもの創作メモがあって、いわゆる「構想」を何度も練り直してることがわかります。

宮川　やっぱり活字になることがそんなに多い人ではなかったから、原稿のままに置かれているときにしばらく間を置くと新しい物語がそこにうち重なっていく、何重にも何重にもなるっていうこと、発表しないから終わらないっていうことがあったんじゃないでしょうか。単純にそういうことではないですか？

天沢　詩の場合で見ると発表したものがかなりある。できた順番に下書稿一から二、三……とナンバーをふっていって研究していくわけだよね。雑誌には三ぐらいの段階で発表しているわけね。四、五と本当は先へ続くんですがね。童話の場合、とくにたくさん手を入れたものはそういう状態でしたけどね。

　面白いのは「グスコンブドリの伝記」*。これは「グスコーブドリの

＊「少年小説」
宮沢賢治のいくつかの原稿の余白に残されたメモによれば、「ポラーノの広場」「風の又三郎」「銀河鉄道の夜」「グスコーブドリの伝記」の四つを「少年小説」という言葉で考えていたようだ。

＊「グスコンブドリの伝記」
生前未発表。「ペンネンネンネンネン・ネネムの伝記」が「グスコープドリの伝記」へと生成発展していく過程で書かれた作品。「ネネム」に登場するのはフゥフィーボー博士、「グスコンブドリ」がフウフィーボー大博士、「グスコープドリ」ではクーボー大博士である。

伝記」の下書き稿ですね。終わりのほうを書かないうちに始めのほうの清書が始まっているという、本当に特徴的ですよね。博士の名前が途中でどんどん変わるわけで、この「グスコンブドリ」なんていうのはそれをわざと統一しないテクストで読むように本文決定してあります。賢治の場合でも独特ですよね。

宮川　あと未明との関わりがあるかないかの話なんですが、昨日気がついたんですけれど、天沢さんの『光車よ、まわれ！』を新しいピュアフル文庫で読んでいたら「ルミの冒険（一）」のわりと最初のほうなんですが、向こう側のアパートのほうを見ているところで、「と思ったら、すぐ、目の錯覚だったことに気づいた。顔ではなくて、それはふたつのうしろあたまだ」。この後ろ頭*というのは、これ新潟方言ですよね。

この『名作童話』のシリーズを作っていく過程でね、よく話題になった言葉なんですよ。それぞれの巻末の「童話紀行」の写真を撮ってくれたのが坂口綱男《つなお》さん、坂口安吾*の息子さんですが、彼は桐生生まれで東京で育ったんですけど、安吾が新潟出身ですから「後ろ頭」と

＊後ろ頭　国語辞典にはあまり立項されていないが、『日本国語大辞典』第二版には項目があり、「頭のうしろの部分。後頭部。うしろでこ」という説明とともに、森鷗外「芸用解体学」（一八九七年ごろ）から用例がとられている。

＊坂口安吾　一九〇六〜五五年。小説

いう言葉が安吾が書いたものの中に良く出てくるんですよ。何だと聞いたら新潟では普通に言うという、後頭部のことを後ろ頭って。

石井　ええ、言いますよ、普通に。

宮川　関わって話を聞いた人たちはみんな知らない、新潟方言じゃないかって言ってたんですよ。

石井　新潟方言にもある言葉なんでしょう……?。

宮川　そうかなあ。天沢さんは新潟にちょっといらっしゃいましたよね。

天沢　うん、親父もおふくろも新潟だしね。

宮川　それで、あ、これ、新潟だって線引いたんだけど、これは余計な話かもしれませんが。安吾も未明も、一応標準語で書こうとしているのに、つい新潟の方言を無意識に使ってしまっているという、この間もそんな話になっていたんです。

天沢　そういうことっていろんな作家にあることですからね。僕が翻訳した*ジュリアン・グラックというフランスの作家の、どうしても不明な言葉があってね。それは中世フランス語でね、中世語の辞典なら

家。新潟県生まれ。作品に「風博士」「堕落論」「白痴」「桜の森の満開の下」など。たとえば、「小説新潮」に連載された「明治開化　安吾捕物」のその一「舞踏会殺人事件」（一九五〇年一〇月）には、勝海舟がこのように描かれる。――「海舟はゆっくりとぎ終ると、ナイフを逆手に、後ろ頭をチョイときって、懐紙をとりだして悪血をとる」。

***ジュリアン・グラック**　一九一〇～二〇〇八年。フランスの現代作家。安藤元雄訳『シルトの岸辺』（集英社、一九七四年）、天沢退二郎訳『大いなる自由』（思潮社、一九六四年）

出ているけども、現代の相当詳しいフランス語の辞典にもない。それで聞いたらグラックさん、「えーっ」と意外な顔で、自分は普通にある言葉だと思っていたというんだよね。

宮川　話が散漫になるんですが、先ほど国定教科書で「どんぐりと山猫」に出会った話をされましたが、編纂者は石森延男ですよね。彼は、戦時下に満洲の大連で、日本人の子どもたちのための国語教科書の編集や高等女学校の先生という仕事をしていた人で、最近満洲の世界とイーハトヴの世界を結びつけるような本が出ていますが、その辺はどうですか？　満洲世界とイーハトヴの世界は何か近しいものがありますかね。ちょっと大ざっぱかな？

天沢　直接的に自分では意識しないですけれど。それは詩の中の情景としては、終戦のどさくさのときに印象的だったイメージが詩の中に登場していることはありますけどね。だけど意図的ではない。

石森延男には『咲きだす少年群〜もんくーふおん』という長編があるんだけど、これは向こうで書いてね。その中で僕らは同じ満洲に行って、そのあたりに中国人街があるわけですが、中国人のための学校

＊満洲の世界と……　宮下隆二『イーハトーブと満洲国』（ＰＨＰ研究所、二〇〇七年）

＊『咲きだす少年群〜もんくーふおん』　新潮社、一九三九年。

の子とは何の交流もなかった。ところが石森の少年群ではその満洲人たちと中学生との交渉が出てくる……、ああいうことは僕ら自身の体験としてはなかった。

実は満洲にいた日本人は人口的には少なくてね。新京《しんきょう》は日本人が開発して作った近代的な都会ですから、本当に肩を接して昔からの「長春《チャンチュン》」の中国人街がびっしりあって中国の市民たちがいたわけです。しかし、そういうことをあまり知らなかったし意識しなかった。でもそれがあったというのは日本人の自分として非常に変な気持ちだったよね。全体から見ると虚構の空間に置かれているような気分ですからね。そのあたりに満洲人がいるんだけれど、その人たちは住んでるんじゃなくて、どっかから来て露店をやったり物を売ったりして、苦力《クーリー》として働いているんですよ。中国人はそこらに大勢一緒にいるんだけども、かれらはそこに住んでいない。すぐ隣の城内にいて、接している。戦争に日本が負けると、規制がなくなって、当然、さーっと全員僕らが昔いた所も自然に中国人街になっちゃったわけね。

「銀河鉄道」を初めて読んだときに感じたのは、作品の中に夜の町があるわけですけど、そこを僕は子ども心に読んで、新京の夜の繁華街をイメージしながら読んでたわけなんですけどね、子どもにとっては二重の意味である種の虚構空間だったというわけです。

『新校本全集』完結以後の読み方

宮川　さて、最近、『新校本　宮澤賢治全集』*が完結しました。僕なんかは大学の学部時代、前の『校本全集』*で勉強した世代なんです。基本的には前の『校本』を踏まえたものだと思うんですが、『新校本』には新しい面もあると思います。実際、全集の編集にたずさわれて、完結させるまでの苦労話などがあったら二、三お聞かせ願えますか。

天沢　『新校本』と昔の『校本』の見かけの上の大きな違いは、原稿をそのままじゃなくて、全集編纂者が校訂した部分というのを、一目瞭然となるように亀甲で挟んでいる。これが読むときには気にしなくていいし、単行本作るときはとばせばいいと言っているわけです。

これだけたくさん、一目瞭然に目の前に提示したってことはね、「風の又三郎」の「の」という字は原稿で賢治が「野」と書いている

*『新校本　宮澤賢治全集』筑摩書房、一九九五〜二〇一〇年。

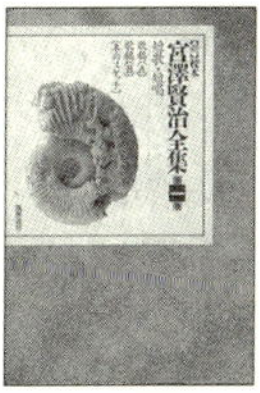

*『校本全集』『校本宮澤賢治全集』筑摩書房、一九七三〜七七年。

のを僕らが校訂してひらがなの「の」にしたので、これは編集者がしたんだぞっということでね、それは明示しなくちゃいけない。これは校異篇の校訂一覧というところでまとめて詳しく示した。これは旧校本でもありましたけれど、亀甲で挟んだ部分は実は賢治原稿ではこうだったんだ、しかも校訂した理由もできるだけ簡単につけてあるわけです。

これは、僕らの専門の中世フランス文学のやり方を踏襲しました。中世フランス文学は現代フランス文学とはずいぶん違うだけじゃなく、残っている作品はほとんどすべて写本で伝存しているのであって、作者の自筆原稿はない。ある物語のアー、ベー、セー、デー、ウー、エフ、ジェー……と、写本が振り分けてあって、そのうちのどっかの写本を底本にしてテクストを作るわけですが、部分的に別の写本から採ったなら、亀甲付けてちゃんと記して註に底本とは違う字が入っているんだぞと示せるようにしているわけね。これは専門家向けの校訂本ですが、それを賢治全集の場合もやるべきであると考えたんですが、皆さんにとっては邪魔であったんでしょうか。

＊「ヒドリ・ヒデリ論争」「雨ニモマケズ」の「ヒドリノトキハナミダヲナガシ／サムサノナツハオロオロアルキ」の「ヒデリ」は、賢治自筆の手帳には「ヒドリ」となって

宮川　いや、それは今回はっきりして非常に良かったと思いますけども。

天沢　最近、ご存じのように「雨ニモマケズ」の「ヒドリ・ヒデリ論争」*というのがあって、「ヒデリノトキハナミダヲナガシ……」」、これが自筆の原文では「ヒドリ」である。全体としては、旱魃のときのことを言っているんだということは一目瞭然ですから、「ヒデリ」に校訂することは昔からやられていることです。それでもこの問題は「ヒドリ」は「ヒドリ」のまま本文にすべきではないか、と。

　これは「毘沙門天の宝庫」*の草稿の例を見ればわかるようにね、旱魃という漢字があってそれにルビを振るときに「ひど」までかいてすぐに「ど」をやめて「で」にしているわけ。ということは、「ヒドリ」は成立していないと考えるわけです。校訂一覧でも書いたことですが、この間最後に作った別巻の語句索引でも「ヒドリ」という項目は立てていないわけです。賢治が自分で間違ったと、直したために成立していない場合はね、校訂一覧で「直した」語句に関しては、別巻の語句索引では取り上げていない。取り上げるべきだという考え方もありま

いることから、ここをどう読むかをめぐる論争が巻き起こった。一九八九年のことである。入沢康夫「『ヒドリ』か『ヒデリ』か」「『ヒドリ』再説」（『宮沢賢治　プリオシン海岸からの報告』筑摩書房、一九九一年所収）など参照のこと。

＊「毘沙門天の宝庫」　生前未発表の詩。「もしあの雲が／旱（ひでり）のときに、／人の祈りでたちまち崩れ／いちめんに烈しい雨にもならば／まったく天の宝庫でもあり」というくだりがある。天沢さんが例にあげているのは、この詩の下書稿にある「旱魃」とそのルビのこと。

すが、そうなるといろんな明らかな書き違いとかね、成立しなかった語まで何もかも語句索引に立項するというのはやはりおかしい……。

花巻では「ヒドリ」と言い、「賢治は直していない、やっぱりこれでなくっちゃいけない」って強力に言う人がいましてね、「ド」を「デ」でにするのは賢治精神の冒涜であると。最初に書いたからといって、ここで「ヒドリ」が日雇い労働者をさす方言であるという証拠も明らかにしてない。これが大きなポイントでね。入沢康夫さんや平澤信一さん*が「ヒドリ」説の成立しにくいことについては全部言っちゃったんだけど、それでも「ヒドリ」でなくちゃいけないという、その人はこのあいだも一時間くらい演説しました。

その手にならうと、『新校本』でたくさん亀甲印をつけて校訂した、それを全部一つ一つ争うことになる。全部について議論を始めたらこれは困る。ただそういうことをしたいと思えばできるようにね、資料をさらけ出したわけです。そういう意味で公開するってことは必要だと思う。場合によっては僕らが校訂したのは間違いで、作者が最初書いた通りが正しいというケースもそりゃあるでしょうね。

＊平澤信一さん
『宮沢賢治《遷移》の詩学』（蒼丘書林、二〇〇八年）。平澤は、一九六四年、神奈川県生まれ。明星大学教授。

宮川　書かれたものがまずあるという一種のテクスト主義というものですね。「やまなし」の問題もそうですけどね。テクストは間違わない*という人もいますから。

『新校本全集』が出て、賢治を読んでいくことの今後、研究していくことの今後などについてはどうですか。このあとどうなっていくかということもちょっと話をしてもいいかなあと思いました。

天沢　先月か先々月か新聞に書きましたけれど、一つ問題として「賢治テクストが危ない」*と。「東京新聞」に書いたんですけどね。賢治テクストがこれだけ時に不統一があったり、時に矛盾があったり、そういうことはたくさんあるんです。とくに児童文学専門の人たちが「このままでは賢治を子どもたちに親しんでもらえない」と言います。もっと賢治のテクストを読みやすくして、漢字をひらがなに開き、句読点をたくさん入れて、改行もたくさんして、子どもたちがらくに読めるようにしなければならないという人がいる。しかしそれを無原則・無制限にやるとね、まずね、賢治テクストが危ない。

ここには入ってないけど、賢治テクストの中で「なめとこ山の熊」*

＊テクストは間違わない　石原千秋『テクストはまちがわない―小説と読者の仕事―』（筑摩書房、二〇〇四年）参照。石原は、「小説テクストでは、ほんの細部にこそ、また一見錯誤と見えるような表現にこそテクストの可能性が秘められている」という。

＊「賢治テクストが危ない」　「東京新聞」二〇〇九年四月一六日夕刊。

＊「なめとこ山の熊」　生前未発表。書き出しは「なめとこ山の熊のことならおもしろい」。

「イーハトーボ農学校の春」＊。とくに「なめとこ山の熊」なんかはね、語り手自身がまるで息せき切って、非常にパセティックに書いてある、下書き稿でね。読点なしで延々と書いてある。これにもし句読点を入れたら、パセティックな迫力が非常に抑えられる。僕らだって全然そんなことをしてないかというと、原稿の行変えの部分とか、字あきのあるところなんかは、よく考えて読点を入れるってことをしないことはない。しかし作者が情熱的にぐいぐい書き進んでいるものをね、読者におもねって点を入れていくなんていうのはまずい。

賢治自身がやっているのは、ですます調の非常にわかりやすい童話を、である調にするときに、それのみならず、意味じゃなくってリズムで読点を入れていくわけね。たとえば「フランドン農学校の豚」＊の例をよく引くんだけど、点を入れちゃうっていうのは原文のリズムを変えることなんだよね。普通の散文的な文体だったらね、同じ文章に点を入れていくだけで、律動的（リズミカル）な散文になるんですよ。こういうことがあるんだから、編集者が「読みやすく」するためにやるなんていうのはね、子どもを侮るなって思いますね。これからその

＊「イートハーボ農学校の春」
生前未発表。「太陽マジックのうた」が冒頭にかかげられる作品。

＊「フランドン農学校の豚」
生前未発表。天沢退二郎「［フランドン農学校の豚］の場合」（『《宮沢賢治》のさらなる彼方を求めて』（筑摩書房、二〇〇九年所収）参照。

辺の賢治テクストの扱い方、読みやすくっていうのがいちばん心配ですね。

もちろん新かなづかいにするってことは、ある程度趨勢ですからね、内田百閒だって泉鏡花だって現代かなづかいで読む時代ですから。しかし現代かなづかいにするっていうことには、非常に大きな問題があるんですよね。とくにオノマトペなんかはね、勝手に「つ」をちっちゃくしたり、「や」をちっちゃくしたりしてはいけない。「やまなし」でも最初に谷川で泡をふくところの、これは発表形では「ぽつぽつぽつ」となっていますが、下書稿では「ぽっぽっぽっ」とちっちゃくなってる、賢治が新聞社に出したのもこっちでしょう。それはどの本でも「ぽつぽつぽつ」はなくなりましたけどね。教科書会社、光村図書*でしたか、この人たちにそういう内容の話をしました。

また、これはあちこちで言ったり書いたりしていますが、ア行の言葉のあとに、「い」がちいさいとき、「あぃな」は「えな」となるわけね。こういう言葉がたくさんあるわけです。いちばん問題なのは「じゃぃ」ね。「や」も「い」も小さいとね、「じぇ」となる。「じゃ」は

＊光村図書
一九七一年以来、小学六年生の国語教科書に「やまなし」を掲載しているが、その本文では「ぽつぽつぽつ」となっている。

ア行音、それに「い」が小さければ「じぇ」になるんですよね。詩集『春と修羅』初版本は全部字が大きくなっていますから、有名な「高原」[*]の《やっぱり光る山だたぢやい》は自筆の原稿では《ぢゃぃ》。前は花巻の人ですら「じゃい」と言っていましたが、自筆原稿通り「光る山だたじぇ」と発音しなくてはいけない。

昨日花巻で、花巻の人たちが賢治の詩や童話を花巻弁で読むという会がありましてね。ＣＤもできているそうですが、その人たちの研究成果を発表してくれたんです。最後におじさんでね、方言で詩集をやっててね。「高原」はもと「叫び」っていうタイトルでしたからね、これを叫んだんですよ。やっぱり「じぇ」って読みましてね。「じゃい」でないことはきちっと知られているんですね。しかし「風の又三郎」の自筆原稿で、「や」がちっちゃくて「い」が大きい、「じゃい」もけっこうたくさんあるんです。両方あるわけで。しかもデリケートでね、原稿ではちゃんと両方ありますから（詳しくは、今度の『新校本全集』別巻の主要語句索引を参照）。そういうところもあんまり機械的にね、現代かなづかいで自動的にやられるとね、心配ですね。

＊「高原」

「海だべがど　おら　おもたれば／やっぱり光る
山だたぢやい／ホウ／髪
毛　風吹けば／鹿踊りだ
ぢやい」

英語やフランス語の翻訳の問題もありましてね。さっきの句読点なしというのも、訳文で英語の活字をカンマも字あきもなしにくっつけていけるかっていうとそう簡単にいかないいんでね。

宮川　それにしても、一般に賢治はセンテンスが長いですよね。でも、長いセンテンスは一気だから、結局はかなりスピードが速い文章になりますよね。分量が多いというか、そういう特徴がありますね。

賢治が南吉を読んでいたかどうか聞いてほしいと、これは、新美南吉記念館の学芸員の遠山光嗣さんからのご質問です。この間、未明童話を読む鼎談のときに栗原敦さんにも聞いたんですけど、「赤い鳥」をどの程度読んでいたかってことですね。天沢さん、どうお考えですか。

天沢　いや、それはどうでしょうか。今まで読んだ感じではね、あんまりないんじゃないかね。南吉は賢治を読んでいたとは思うけど、写真でも有名な写真*があるしね。

宮川　南吉が安城高女で教えたときの教え子たちがご健在で、去年などは南吉記念館で座談会も開かれています。南吉が彼女たちの作文に

***有名な写真**
賢治が亡くなった翌年の一九三四年二月に新宿で行なわれた第一回宮沢賢治友の会に南吉は巽聖歌とともに出席し、そのときの集合写真に写っている。

手を入れたものが残っていたりするんです。下書きを浄書してくれた女子学生には本を献本して、その際に「春と修羅」を引いてサインをしているんですよ。だから南吉のほうはかなり心酔していたんだろうと思われます。まあ逆はどうでしょうかね。あんまり気にしていなかったでしょうと栗原さんもおっしゃっていました。

天沢　太宰治*もある程度賢治を読んでいたらしいんだけども、これもどうだったかなあ。

宮川　安吾*も読んでましたよ。

天沢　ずいぶんあとで、安吾は小林秀雄と対談したけど安吾は若干腰砕けだった。

石井　さっき、「ひかりの素足」の話で、「うすあかりの国」と「光のすあし」の章で、しゃべる言葉が標準語になるのはなぜかという問いがありました。私はあまり考えたことはないんですが、先ほどそこで話が中断しました。

天沢　あれは中有《ちゅうう》の世界ですよね。中有は、キリスト教では煉獄《れんごく》の世界で、そこではフランス人も日本人もイヌイットもおそらく、死出の

＊太宰治も……
これについては、若い頃、太宰と親交のあった児童文学作家、久保喬の証言がある。「私が賢治の童話を初めて読んだのは昭和十五年で十字屋書店発行の全集だった。そのころ太宰治に会った時、賢治童話の話が出て、太宰は『よだかの星』と『なめとこ山の熊』だけを読んでいたが、『おもしろかったよ、ほかのものも読んでみよう。』と、めったにひとのものをほめない太宰が素直な口調で

旅路では話が通じる気がするんじゃないかという気がするんですよね。原言語とでもいうものがある。そのくらいしか浮かばない。

石井　普遍性の代わりみたいな意味で標準語を使っているということでしょうか。

天沢　「なめとこ山の熊」や「土神と狐」で、熊の言葉や樺の言葉を小十郎《こじゅうろう》や土神が聞き取りますがね、あれは本当は熊は熊語だし樺は樺語なんです。それが標準語とは言えないけれど、共通言語ということなんでしょうね。

宮川　そこを*西成彦《にしまさひこ》さんなんかはちょっと違って、日本語によって植民地化された世界がイーハトヴだっていう言い方をしますよね。

天沢　それはそれでもちろん正論ですよ。賢治の詩や童話には、屈折したコロニアリズム（西洋植民地主義）の要素がけっこう織り込まれています。

宮川　それでは、今日はこのくらいで……。ありがとうございました。

（註　宮川健郎）

いったのをおぼえている。」（久保「私の宮沢賢治観　不変の光輪」、『児童文芸』秋季臨時増刊、一九七九）久保喬は、一九〇六年〜九八年。

＊安吾も……
坂口安吾は、「小林秀雄論」という副題のある「教祖の文学」（『新潮』一九四七年六月）で、小林秀雄が高く評価する西行や実朝や『徒然草』より好きだとして、賢治の詩「眼にて云ふ」に言及している。その後、安吾は、小林と対談をする（「伝統と反逆」、『作品』一九四八年八月）。

＊西成彦さんなんかは
西成彦『森のゲリラ　宮沢賢治』（岩波書店、一

九九七年）参照。『新編 森のゲリラ 宮澤賢治』（平凡社ライブラリー、二〇〇四年）も刊行された。

鼎談・『名作童話　新美南吉30選』を読む

遠山光嗣／山元隆春／宮川健郎

半田で新美南吉を読み直す

『名作童話　新美南吉30選』を読む鼎談は、二〇〇九年七月二〇日、愛知県半田市の新美南吉記念館で行った。南吉記念館は、代表作「ごん狐」に出てくる「中山さま」のお城跡と伝えられる森の隣に建てられている。

鼎談参加者は、まず、その新美南吉記念館学芸員の遠山光嗣さん。新美南吉記念館をおとずれる人たちに南吉の文学世界を紹介し、南吉を読むことの意味を発信し続けている。

もう一人は、山元隆春さん。広島大学大学院教授で国語科教育が専門、とくに教室や教室外で子どもたちが文学作品をどう読むか、どう読みうるか、それを教師や大人たちはどう手助けできるかを考えてきた研究者である。

南吉の「ごん狐」は、もう長いこと、すべての小学校国語教科書の四年生に掲載されている。国語科教育研究者である山元さんも、新美南吉記念館の遠山さんも、子どもたちや大人たちが南吉を読む、その現場に立ち会ってきた。教科書では、作品名が「ごんぎつね」と表記される。鼎談は、遠山さん、山元さんに宮川がくわわって、一般の人たちが知っている「ごんぎつね」の世界と、「ごん狐」という南吉独自の世界をつなぎながら展開していった。

（宮川健郎）

鼎談・『名作童話 新美南吉30選』を読む

半田の印象

宮川 山元隆春さんと私は、昨日の午後、半田にお邪魔したんですが、山元さんは十年ぶりだとか……。

山元 ええ、平成十二年以来です。

宮川 どうですか、久しぶりの半田は。

山元 そうですね、空が高いですね。家並みが低いっていうのもあるんですが、空が高くて光が明るい。地形が海に広がっているからということなんでしょうかね。

遠山 そうかもしれませんね。

宮川 半島の幅*がそんなにあるわけではないんですよね。東から西へはわりとぱっと抜けられますよね。

遠山 そうですね。知多半島は南北に長くのびていますが、そのいち

＊半島の幅が……　知多半島は、愛知県の南西部にあり、伊勢湾に突き出している。東岸の半田から西岸の常滑まで、直線距離にすると一〇キロメートルくらい。

ばん膨らんでいる部分に半田と常滑があります。南吉の両親が生まれた岩滑《やなべ》新田はその半田*と常滑*の中間にあたります。

宮川　岩滑新田の先が常滑の大野へ向かう峠で、そこに「おじいさんのランプ」に出てくる半田池がある。半田というのは、どんな気候なんですか。一年を通して。

遠山　やはり海が近いせいか、名古屋の中心部や、日本の最高気温記録を出した岐阜の多治見盆地のような暑さはありませんね。海風がありますしね。尾張の北のほうは冬になると伊吹おろしという厳しい風も吹きますが、半田は多少山陰になるせいかそんな激しいこともありません。過ごしやすいですね。

宮川　けっして短絡的には言えませんが、そんな気候のせいでしょうか、南吉は神経が細やかな人だとは思いますが、作品全体の印象がわりあい明るい穏やかな感じなんですよね。

「ベスト3」を選ぶとすれば

宮川　『名作童話　新美南吉30選』*は、私が三十作品を選び、編んだわ

＊半田
知多半島東岸にある市。食酢、清酒などの製造や鉄鋼業がさかん。

＊常滑
知多半島西岸中部の市。常滑焼の陶器で知られる。

＊『名作童話　新美南吉30選』
正坊とクロ／張紅倫
ごん狐／花を埋める
久助君の話／屁／川
嘘／ごんごろ鐘
おじいさんのランプ
牛をつないだ椿の木
手袋を買いに／狐
小さい太郎の悲しみ
花のき村と盗人たち
鳥右エ門諸国をめぐる
百姓の足、坊さんの足
赤い蠟燭／ひとつの火
こぞうさんの おきょう

けですが、はたしてそれが適当なものであったかわかりませんけれど、この中で、遠山さん、山元さんの選んだ「ベスト3」をあげていただきたいと思います。山元さんから、お願いします。

山元　では、まず私から。「久助君《きゅうすけくん》の話」「おじいさんのランプ」「小さい太郎の悲しみ」です。迷ってしまいましてね、プラスワンが許されるならば、「鳥右エ門諸国をめぐる」です。

今まで「久助君の話」と「おじいさんのランプ」は何度か教科書に入ってましてね。実は、僕自身が思い出深い作品というのが「おじいさんのランプ」なんです。

たしか小学校五年か六年のときに読書感想文というのを書きまして、そのとき巳之助《みのすけ》に強く惹かれました。何に惹かれたかというと、それは「未来を見通す目」のようなものに、なのです。「古いものを破る」「何かになる」ということがランプ屋さんを始める、本屋さんを始める、ということだったんでしょうね。何々になっていくという、変化、切り替えを、僕はさらに未来志向的に考えて「自分も頑張るぞ!」って感想文に書いた記憶があります。とても印象に残っています。調べ

飴だま
子供のすきな神さま
里の春、山の春
去年の木／狐のつかい
一年生たちとひよめ
ひろったらっぱ
ぬすびととこひつじ
みちこさん
でんでんむしの　かなしみ

たら、戦後の早い時期にも一度か二度*教科書に載っているようです。

宮川　遠山さんにもあげていただきましょう。

遠山　私は、まず「ごん狐」です。これは迷ったんですね。三つに入れてしまっていいか。でもやっぱり入れたいって。あとの二つは「屁《へ》」と「百姓の足、坊さんの足」です。

「ごん狐」には、圧倒的に読者の心に強く響く衝撃、作品の持つ力というのがあると思うんです。文学作品として優れた構成力が評価されもしますが、やはり心を打つ力ですよね、大きいのは。記念館を訪れる方も子どもの頃の衝撃が胸に残っていて、十年、二十年たって、わざわざ半田まで足を運んでくださっているんです。

「屁」のユーモアはとてもいいです。南吉の作品にはこういった面白いものがいくつかあるんですが、なかなかこのタイプの作品まで読んでいる方は少ないのが残念、もっと読んでいただきたいと思います。ある講座でこの作品を朗読しましたが「屁」を読むと、お客さんがくすくす笑いながら聞いてくださる。その笑いは「花のき村と盗人たち」の大らかなものとは違うんです。「花のき村と盗人たち」はご存

＊教科書に載っている
「おじいさんのランプ」は、大日本図書の小学六年生（一九六一～六五年）、東京書籍の小学六年生（一九六五～七三年）、東陽書籍の中学一年生（一九五三～五九年）、開隆堂出版の中学二年生（一九五四～六一年）に掲載された。「おじいさんのランプ」のほかにも、「ごん狐」「手袋を買いに」や、「赤い蠟燭」「飴だま」「おじいさんのランプ」「二ひきの蛙」「牛をつないだ椿の木」「うた時計」「久助君の話」が小中学校の国語教科書に掲載されたことがある。

じのように、どろぼうになりたての職人たちが、昔の癖が抜けきれずに失敗ばかりして笑わせてくれる話なんですが、それとは違ったちょっとシニカルな笑いですよね。

以前、「南吉で笑おう」という講座を企画したことがあるんです。どうしても南吉作品に悲しいイメージを持っていらっしゃる方が多いので、そこを払拭してもらおうという試みでした。「屁」「百牛物語」*「ガア子の卒業祝賀会」*を選びましてね。今までこの企画がいちばんうけました。南吉観が変わったという方も多かったようでたいへん喜んでもらえました。

一方、南吉の作品世界には、面白さだけでなく、これまで知らなくて済んでいたことを知ってしまった悲しみというものも描かれていきます。「久助君の話」もそうですが、「屁」もそうですよね。人間は、正義を貫くことが正しいと思っていたがそれはとても難しいことだと。そしてみんなも涼しい顔をしているけど、きっと同じ経験をしているに違いない。そんなものが描かれている。そして、そこで問題なのは最後の終わり方なんです。悩みの末の結論を最後に肯定している。正

*「百牛物語」
生前未発表。タイトルは「百牛物語」だが、「銅像になった牛の話」「大力の黒牛」「ヤタ村の牡牛」と貨物列車の話」の三話で構成されている。

*「ガア子の卒業祝賀会」
一九四〇年に、南吉が執筆し、安城高等女学校の二年生が予餞会（卒業送別会）で上演した戯曲。ガチョウの家で開かれた、娘のガア子が女学校を卒業するお祝いの会の様子を描く。

「南吉のユーモアは奥深い」と語る遠山さん。

義を貫けなかったことをです。これがけっこう難しくて、皆さんに「屁」はいい作品ですよと言うんですが、「でも、終わり方がね」って言われてしまうんですよね。

南吉はこの作品で、人間はそんなに正しく生きられるものではないんだ、弱い部分もあるんだ、醜い心も持っていて正義ばかりでは生きられないということを言いたいんでしょうし、何より彼が嫌うのは「偽善」でしたから、「屁」のラストは、偽善がまかり通る大人の世界へのメッセージでもあるんじゃないかと思います。

「百姓の足、坊さんの足」についてですが、私は、南吉作品の大きなテーマは「人間の弱さ」「エゴ」を描くことだったんではないかと思っています。その代表的な作品が「百姓の足、坊さんの足」ではないでしょうか。菊次は自分の罪を意識していたから浄土に迎えられ、和尚さんは罪を意識していない罪深さゆえに地獄に堕ちる。心の弱い人間が社会の中でどう生きてゆくか、南吉が求め続けたそんなテーマがはっきり描かれているのがこの作品かなと思います。

宮川　山元さんは「未来志向」ということで「おじいさんのランプ」をあげられましたが、「久助君の話」「小さい太郎の悲しみ」についてはどうでしょうか。

山元　そうですね。今遠山さんからお話があったように「久助君の話」は「気づいていない」「見えていなかった」「知らずにいた」ことが見えてしまった、この瞬間が描かれている作品だと思います。この瞬間が兵太郎《へいたろう》と久助の関係や太郎の姿に描かれている。他の作品では「川」にもそれが見えています。そういうところを描いている作品は童話というよりは少年小説ということになると思うんです。

「小さい太郎の悲しみ」には本文に「きょうから、安雄さんと小さい太郎はべつの世界にいるのです」という一節があるのですが、これはいろんな表現がありますが、南吉作品の原点ともいえるものが描かれていると思います。このテーマは最後の作品ともいわれる「*疣《いぼ》」の中

＊「疣」
南吉が亡くなる二か月ほど前に書かれた、最後の作品ともいえる童話。杉作と松吉の兄弟は、町にいる、いとこの克巳をたずねていくが……。本書の「童話のふるさと写真紀行」にも出てくる半田の書店、同盟書林が作中に実名で登場する。同盟書林の前を通りすぎたむこうを入る露地に克巳の家はあるのだ。

にも出てきます。これらは同じタイプの作品なんだろうと感じました。

このことは「でんでんむしの　かなしみ」にもつながるとも思います。「鳥右エ門諸国をめぐる」も南吉の人生観の反映ではないかと思う。鳥右エ門の人生の遍歴に南吉の半生が重なるような気がします。ちょっと概括的な感想になりましたが。「鳥右エ門」は童話作品としてはずいぶん長いですね。しかし、南吉の人生観と体験が縮約されていると思うのです。ベスト3には選ばなかったのですが、惹きつけられます。それは、さきほどの遠山さんが「罪深さ」というテーマを取り上げて語られていましたが、私の中でも繰り返す読むうちにそれがクローズアップされてきたんですよね。

三つ選んだときは「何かになる」という言葉がキーワードでしたのではずしましたが、「罪深さ」もテーマになる。この話、幼年童話の「ぬすびとと　こひつじ」なんかに描かれていることにもつながっていくのだろうかと思います。南吉の話には罪人がよく出てきますよね。さらに南吉作品の中の罪人は罪人で終わらないということがあります。

このストーリーから思い出した作品が、立原えりかさんの「あんず

＊「あんず林のどろぼう」かつて、学校図書六年生の国語教科書にも掲載されていた童話。作者の立原えりかは、日本児童文学者協会編『徹底比較　賢治vs南吉』（文渓堂、一九九四年）の「児童文学作家が読む賢治・南吉」のコーナーにエッセイを寄せている。エッセイの題は「どちらかといえば、賢治ファン」だが、南吉についても、「賢治にくらべたら、なんてわかりやすいのだろう」「賢治の世界を書くことはできないけれど、南吉ならできるかもしれない」と書いている。

林のどろぼう」です。教科書に載っていたんですけども、あんずの林に迷い込んだどろぼうが、林の中に置き去りにされた赤ん坊の世話をしているうちに、どろぼうでなくなってしまう、という話です。あれを連想しましたね。立原えりかさんも南吉を読んでいたんでしょうかね。

宮川　そうですね。立原さん、南吉について発言があるかもしれませんね。

山元　そんなつながりを感じました。罪深さ、人間というもの持つ全体的な問題を包括的に描き出したのが「鳥右エ門」ではないのかと思いました。

宮川　「鳥右エ門」は長いとは思ったんですが、どうしても三十選に入れたかった。この作品に「狂気」を感じるからです。実はそのために「*和太郎《わたろう》さんと牛」「*最後の胡弓弾き」をはずさざるをえなかったという経緯があるんです、裏話ですが……。

＊「和太郎さんと牛」　和太郎さんは、一頭の牛を飼っていた。よぼよぼの年とった牛だが、とてもよい牛だった……。南吉が亡くなって半年後に刊行された童話集『花のき村と盗人たち』（帝国教育会出版部、一九四三年）におさめられた。

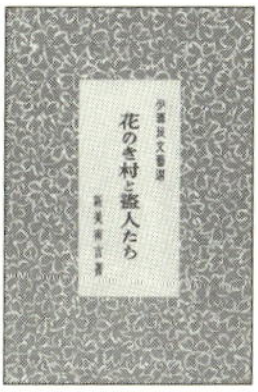

＊「最後の胡弓弾き」　『哈爾賓日日新聞』一九三九年。木之助少年は胡弓が好きで練習し、やがて、いとこの松次郎と組になって三河万歳の門付けに行くようになる。この木之助の一代記。

「権狐」と「ごん狐」

宮川　遠山さんがあげてくださった三つの中にあった「ごん狐」ですが、これは、すでによく知られた話ですけれども、南吉*がノートに書き残した「権狐」と発表された「ごん狐」はかなり違っています。発表形は「赤い鳥」の編集者であった鈴木三重吉の手が相当入っただろうと想像されるわけです。*府《ふ》川《かわ》源《げん》一郎《いちろう》さんは、「ごん狐」は南吉と三重吉の「合作」であるとも言っています。このバージョンの違いについて遠山さんはどう思われますか。

遠山　草稿の「権狐」では、「茂助爺からきいた話」として、茂助爺や語られるときの様子を細かく描写しています。もちろんフィクションなのですが。一方、「赤い鳥」に発表されたものはかなり省略されてすっきりしています。南吉は早くから伝承文学を学ぼうとしていますが、そうした南吉の姿勢がよく現われているのは、やはりもとの「権狐」のほうだと思います。

よく取り上げられるのが「権狐」の最後の*「うれしくなりました」

＊南吉がノートに書き残した「権狐」と発表された「ごん狐」　南吉の手元に残された『スパルタノート』（ノートの銘柄でこう呼んでいる）という手控え帳には、一九三一年一〇月四日の日付で「権狐　『赤い鳥に投ず』」という見出しで書きとめられた作品がある。これを原稿用紙に清書して「赤い鳥」に投稿したのではないかというのが『校定新美南吉全集』第三巻（大日本図書、一九八〇年）の語註が示した見解だが、完成度が高いものなので、むしろ、投稿原稿を書き写しておいたものなのかもしれない。この「権狐」と「赤

の部分です。つい先日民放のクイズ番組でも「もう一つのごん狐」として紹介されていました。実は、来館者にこの経緯をお話すると、すごくほっとした表情をされるんですよ。「ごん狐」は人気があるんですが、一方で悲しすぎて嫌だという方もけっこういらっしゃいます。そこでこの一節をお教えすると「あ、そうか、南吉はそういうつもりだったのか。ごん狐が好きになりました」と言って帰られますね。

宮川　二つの「ごん狐」のこと、山元さんはどう思われますか

山元　元の稿にあった表現のいくつかが消えてるということですよね。このあたりは府川さんが詳しく書かれていることですが、もちろんこの書き換えによってとらえやすくはなっているでしょう。さらに、三重吉によって省かれたり、書き換えられたところを、南吉の書いた元の形と比べて読むことで、子どもは表現方法についてたくさんのことを学ぶことになるのかもしれません。

宮川　記録されてるかどうかはわからないけれど宮城教育大学附属中学校で、二つの「ごん狐」を比べ読みする実践が行なわれたことがあるようです。小学校の授業を振り返りながら読むという形だったそう

い鳥」一九三二年一月号に発表された「ごん狐」とは、タイトルの表記から始まって、多くの違いがある。「赤い鳥」を主宰していた鈴木三重吉がかなり手を入れたものと考えられる。鈴木三重吉は、一八八二〜一九三六年。小説家、童話作家。一九一八年七月、児童雑誌「赤い鳥」を創刊。書影は、「ごん狐」が掲載された「赤い鳥」一九三二年一月号。

＊府川源一郎さんは、府川源一郎『「ごんぎつね」をめぐる謎—子ど

です。
山元　再読も同時に行なって、表現方法を吟味する授業ですね。比べ読みはこれからの「読むこと」の教育でいっそう重要になるのではないかと思います。なんだか学習方法の話になりましたが……。
宮川　元の形がいいという意見も聞きますが、どうなんでしょう。そうは言っても、先ほど山元さんが言われたような表現方法の違いということでもありますからね。どっちがいいとかいう議論ではなくて、南吉の元々の作品に三重吉がどんどん手を入れていく中での一種の葛藤のようなものが「ごん狐」というテクストの中には残されているような気がするんですよね。
たとえば、南吉はこの土地に根ざして「背戸《せど》川」と書いているのを三重吉は「村の小川」とし、「鰯のだらやす――。いわしだ――」を「いわしのやすうりだァい。いきのいいいわしだァい」とするというふうに方言を共通語に直しています。南吉が土地の言葉で書いているものを、三重吉は「赤い鳥」という媒体で、どうやって全国に流布させたらいいかと苦心しているわけですから、この修正には一種のせめ

も・文学・教科書――』（教育出版、二〇〇〇年）。府川源一郎は、一九四八年、東京生まれ。国語科教育研究者。横浜国立大学教授。『「国語」教育の可能性』（教育出版、一九九五年）など。

＊「うれしくなりました」「ごん狐」の最後の「『ごん、お前だったのか、いつも栗をくれたのは。』／ごんは、ぐったりと目をつぶったまま、うなずきました。」のところは、「権狐」では、「権狐は、ぐったりなったまま、う

ぎ合いのようなものが起こってくると思うんです。これは、南吉の地域性を三重吉がどうやって日本中にわからせようか、郷土色の強いものをどうやって薄めるかということを考えているんだと思うんですよね。そのせめぎ合いの緊張感みたいなものが発表形に感じられることがあって、そこが面白いなあなんて、最近思うようになったんですよね。この緊張感があっての高い完成度のような気がするんです。

折り合いを付ける

宮川　「屁」についての話の中でユーモアという言葉が出てきましたが、これは大事な観点かと思います。と同時に悲しみも描かれていること、それは山元さんがあげた「久助君の話」「川」「小さい太郎の悲しみ」にも関連するかと思います。「屁」の最後に、人間の心は弱くて正しくきれいなものではないと言いながらも、そうやって生きていくしかない、一種の折り合いが描かれていますよね。この「苦い折り合い」を書くことが子どもの文学にふさわしいかという意見があるかもしれませんが、この折り合いの苦さというものが僕は非常に好きで

れしくなりました。」と
なっていた。

すね。「久助君の話」にも書かれていますし、「屁」ではよりはっきりしています。

遠山　「疣」もそうですよね。

宮川　この「折り合いを付ける」ということを書いたことで、南吉の作品が子どもの文学の中で非常に新しいという評価もできると思うんです。子どもの文学では、それまであまりなかったことなのではないかと思います。戦後になって、一九六〇年前後に「現代児童文学」が出発すると、また強く、あるいは明るく生きていこうというメッセージが打ち出されるようになる。

遠山　「折り合いを付けて生きていく」って今すごく大事なことだと思うんです。世の中、普通に正しく乗り越えられないことがどんどん増えてきているわけですよね。

今子どもたちは、この複雑な現代社会の中で、この折り合いを付ける方法を知らないんだと思うんです。知らないからキレてしまったり、誰でもいいから刺してしまったり、極端な方向に行ってしまうんでしょうね。でも、これはとっても誤解されやすいことで、南吉の作品の魅力をお話しするときに、この「折り合いを付ける」人物の気持ちがなかなかうまく伝わらないんですよね。

山元　学校の中で、その「折り合い」ってことを教えようとすると、「折り合いを付けていくことって大事だよね」というふうに、つい言葉でまとめてしまう。するとうまく伝わらないんですよね。大事な点は、作品との関わり合いの中でこれを学んでいくことなんです。

たとえば主人公が折り合いを付けている、葛藤している生き方を作品の中で経験したり、その場を共有することで、子どもはその方法を学ぶんでしょうね。南吉の作品には今あげた中でも学べる作品がたくさんありますよね。それは、作品の中で、折り合いを付けようとしている主人公の行動に「こういうやり方があるんだ」と気づいて経験するということなんです。こんな読書経験として入っていくということも可能だと思います。これもまた学習の方法の問題でもあるんですが。

遠山　なるほど。

宮川　児童文学ってどうしても理想像を書こうとするから、読者の等身大でいる主人公は案外描かれていないんですね。

長谷川集平の絵本に『ホームランを打ったことのない君に』*というのがあります。主人公は、まだ試合でホームランを打ったことがない。誰だってそんなにすいすいホームランが打てるわけではないんですよね。練習では打てても、ここぞという試合でそんなにうまくいくわけはない。それでも主人公の小学生は、野球が好きで続けていくんだっていう話です。ここには読者と等身大の主人公がいる。

ほかにも、メキシコ系アメリカ人の作家でギャリー・ソトという人の『四月の野球』*という短編集があって、ここにも等身大の主人公たちが描かれている。短編集のタイトルと同じ「四月の野球」に出てくる兄弟は、三年連続でリトル・リーグの入団テストに落ちてしまう。結局、兄弟は、学校の友だちがメンバーになっている別のチームに入るんです。それは、とても弱いチームで、この二人は、野球そのものを徐々に諦めていくことになります。

子どもたちには積極的に生きてほしいけれど、何もかもうまくいくわけではない。諦めて、現実と折り合いを付けるということも、実は、子どもの文学の重要な主題ではないかと考えさせられるような作品で

*『ホームランを打ったことのない君に』長谷川集平、理論社、二〇〇六年。

*『四月の野球』ギャリー・ソト作、神戸万知訳、理論社、一九九九年。

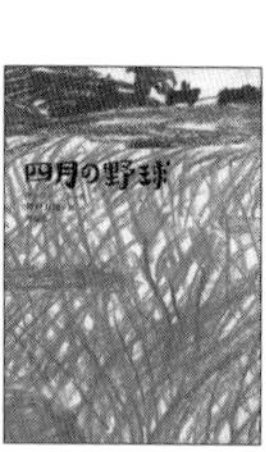

す。
　ヒーローではなくて、普通に生きることのかけがえのなさ、そういうことが南吉の作品の中にも書かれていると思うんです。そこをもう少しクローズアップしていくと南吉作品の持つ一つの特色がわかるような気がします。

人間の二面性、そして、存在の不安

宮川　「おじいさんのランプ」*についてはどうでしょうか。

遠山　人気はあるんですよ。南吉の作品では、人間は悪いほうにもいいほうにも簡単に変わる不安定なものとして描かれていますよね。さっきどろぼうの話が出ましたが、どろぼうでも、強欲に生きてきた人でも、些細なきっかけで正しい心を取り戻すことができる。「花のき村と盗人たち」のかしらもしかり、「うた時計」の周作もしかり、「牛をつないだ椿の木」の地主もしかり。
　一方、「おじいさんのランプ」の巳之助や「牛をつないだ椿の木」の海蔵《かいぞう》のように、誰から見ても立派に生きてきた人でもふとした拍子

*「おじいさんのランプ」書影は、童話集『おぢいさんのランプ』有光社、一九四二年。装丁・挿絵は棟方志功。

に悪いことを考える。いい人と思われている人も悪い心を持つこともある、悪い人でもいい心を取り戻すことができる。人間というものはそんな不安定な存在なんだ、だからこそ、自分はどう生きたらいいんだろうと考えながら生きていく、そんなことが必要なんだということを南吉は書き続けていたんだと思うんです。

記念館ができたのが一九九四年なんですが、そのあと、インターネットが広まって、世界がどんどん変わっていきましたよね。「ああ、今時代が変わっていってるな」と誰もが感じたと思います。あの頃、とくに中年の男性から「おじいさんのランプ」の巳之助に共感を覚えるという声を聞きましたね。

宮川　今、強さと弱さ、悪とか正という、人間の二面性ということをおっしゃいました。そこをもっと掘り下げていくと、「存在不安」というテーマが見えてくるような気がします。

たとえば、「狐」という作品では、主人公の文六《ぶんろく》ちゃんが自分は人間なんだろうか、狐になっちゃうんだろうかという「存在不安」に悩む。

山元　そうですね。この人の作品の根源には常にそれを感じますよね。今あることへの不安や、不安に対してどうしたらいいだろう、ここにいていいんだろうかという問いかけは感じますね。でもここに答えはない、出せないですよね。

鳥越信《とりごえしん》さんがたしか『新美南吉童話大全』*の解説で書いておられますが、南吉が青年の頃、帰郷した折に、地元で生きる同級生たちのたくましい肉体にひけめを感じながら、自分のことを「ひこばえ」のような存在として意識するくだりが日記の中にあるんです。そうした感覚が故郷での居場所のなさを感じ、今あることへの不安につながっているのではないでしょうか。

宮川　主人公だけでなくて主人公が見ている相手の存在も不安なんですよね。「久助君の話」の兵太郎君も、それから、「川」の兵太郎君も。自分も世界も二面性をもっていて、どっちが本当かなんてわからない。二面性という二つを、いわばこじつけていくというのが生きるということなんでしょうかね。

山元　この二つをこじつけること、そのあとをどう生きていくかまで

＊『**新美南吉童話大全**』講談社、一九八九年。巻末に、鳥越信「新美南吉の人と作品」を収める。鳥越信は、一九二九年、神戸市生まれ。児童文学研究者。一九八〇年に大日本図書から刊行が開始された『校定新美南吉全集』全一二巻、別巻二の編纂を中心になってすすめた。

南吉は書いているけど、賢治は書きっぱなしのような気がします。たとえば「狼《オイノ》森と笊《ざる》森、盗《ぬすと》森」だったら岩の語りで終わる。けっして何らかの決着を付けることをしないんですよね。けれども、南吉には賢治にはない励ましがある。鈍いけれど励ましがあると思います。

宮川　たしかに丁寧に南吉は描いている。鈍いけれど励ましや展望がありますよね。一方賢治は強引にどちらかを選んでしまうというエキセントリックな一面がありますね。*「世界がぜんたい幸福にならないうちは個人の幸福はあり得ない」って言ってしまいますからね。
　だいぶ南吉の作品を作っている仕組みみたいなものが見えてきた気がしますが、どうでしょう。

わりきれない物語

山元　今回、久しぶりに読み直してまったく違う感想を持ったのが「屁」でした。
　ユーモラスな話だという印象を持っていたのですが、読み返してみると、かなり苦いものを感じました。けっしてユーモラスなものでな

＊「世界がぜんたい……」　宮沢賢治「農民芸術概論綱要」（生前未発表）の一節。

くて、人の心の襞《ひだ》のようなものを。

宮川　この作品は、小学生で読んで、また大人になってから読むとかなり異なった印象を持つでしょうね。十分自覚するかどうかは別として、大人になってから読めばやはりそこにある悲しみのような問題を感じるのだと思います。だから、この作品はいわば「二重底」*になっているかもしれませんね。

山元　再読って、とても複雑な営みだと思います。単純な繰り返しではないわけですね。

　国語の読みの授業では、一度読んで終わりではなく何度も再読します。それは、新たにその作品と出会う経験ですし、今の宮川さんの言葉を借りるなら、作品の「二重底」性を味わう営みであると思います。

宮川　南吉はそれを意識して書いているかってことですよね。子ども向けに書いているうちに自分の感情の吐露になっていったということはあるとは思いますが、最初からその効果をねらって書いているんじゃないと思いますよ。

「鳥右エ門諸国をめぐる」についてはどうでしょう。

＊**「二重底」になっている**　子どものころ読んだ作品を大人になって読み直すと、その作品の意味するところが改めて見えてくるようなことを宮川はこう呼んでいる。いわば、作品の底がもう一度抜けるのだ。宮川『現代児童文学の語るもの』（NHKブックス、一九九六年）第八章の今西祐行「一つの花」に関する記述を参照のこと。

遠山　私はこの作品が書かれた時期に注目します。昭和十七年五月という時期、非常に調和した世界を書いてきた中で、彼なりに頑張って書いたと思うんですが、やっぱり「鳥右ヱ門」みたいな作品が出てくる。こういうものを、最晩年に書いたっていうことは、やはり人間の本質というものを突き詰めて考えて、答えが出なかった、そんな南吉の悲しみがある。もっと早い時期ならわかるんですが、民話的メルヘン*を書いている真っ只中にあれを書いているという事実に、どうしてもおさまらない気持ちが現われているような気がします。こう生きればいいんだという答えが出ていない、わりきれないという物語のような気がします。

宮川　南吉は、わりきれないところを書いてしまう、まとまった傾向では済まないところを書いている。ユーモラスな「屁」という作品にだってそれはある。

遠山　結局人間はこう生きればいいんでしょ、ってことは南吉は絶対に言わないし言えないんですね。

宮川　わりきれないところが「鳥右エ門」という作品に出てきてしま

＊民話的メルヘン　死の前年にあたる一九四二年に、郷土を民話的な文体で書いた「牛をつないだ椿の木」「花のき村と盗人たち」「百姓の足、坊さんの足」「和太郎さんと牛」などの作品を指す。民話的メルヘンについては、浜野卓也『新美南吉の世界』（新評論、一九七三年）などを参照のこと。

ったんでしょうね。わりきれないところをずっと書いていくのが彼の創作活動だったのかもしれない。だから身体が相当に悪くなっても書き続けていったんでしょうね。

教科書と「ごん狐」

宮川　お二人から「ベスト3」の作品をあげていただき、いろいろお話を伺ってきました。

「ごん狐」「手袋を買いに」が国語の授業で教材として使われていることはよく知られています。では実際に南吉作品がどんなふうに扱われているか、国語科教育がご専門の山元さんのお話をお聞かせください。

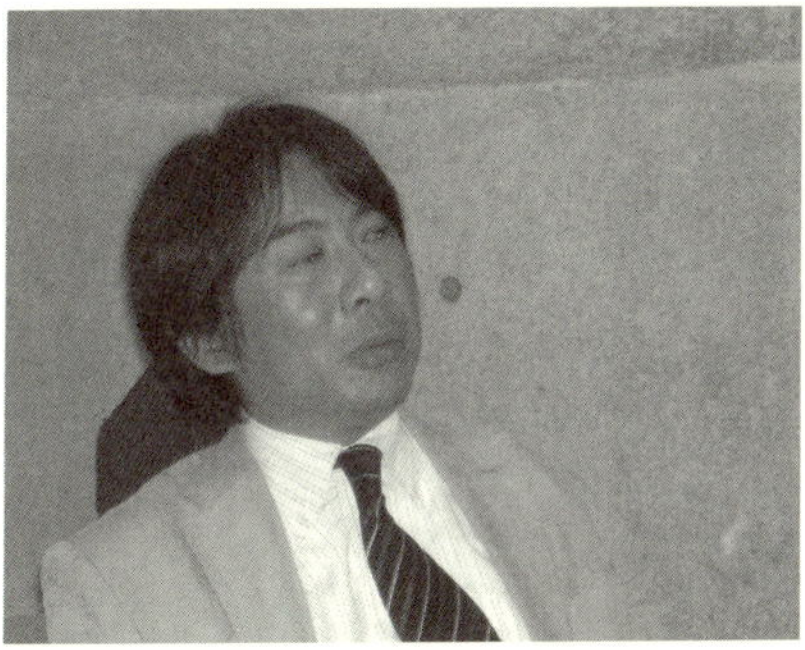
「南吉には励ましを感じる」と山元さん。

山元　現行の国語教科書では小学校四年生では「ごん狐」が全社*で扱われています。

＊全社　小学校の国語教科書は、この鼎談を行った二〇〇九年現在、五つの教科書会社が刊行。

遠山　初めて載ったのが昭和三十一年、全社採用が始まったのは昭和五十五年です。「ごん狐」を学校で読んだ人口については、以前に「小学四年生」という雑誌が数えてくれて五千万人と言われていました。あれからだいぶたって、どうやら平成二十一年度の四年生が読み終わると累計六千万人になるようです。今教科書の中で一番最後のほうの頁に入っているようですが、現場ではちゃんと教えられているのでしょうか。

山元　三学期ですね。本来は秋の教材で二学期なんですけどね。必ず触れていることになります。どの程度深く読むかは異なってきますが、カットはできないですね。あの作品はちゃんと扱っているはずです。

宮川　「ごん狐」だけですよね、全社に載っているのは。「大きなかぶ」も全社に掲載されていますが、訳が二種類あるから別の作品ということになるかもしれません。翻訳者は内田莉莎子*さんと西郷竹彦*さんですね。

山元　椋鳩十《むくはとじゅう》の「大造爺《*だいぞう》さんと雁《がん》」もかなりの教科書で採用していますが、少し減ったかも。「ごん狐」は確実に授業で扱われています。

＊内田莉莎子さん
一九二八～九七年、東京生まれ。九七年没。翻訳家。『おおきなかぶ』（ロシア民話、佐藤忠良絵、福音館書店、一九六六年）『てぶくろ』（ウクライナ民話、ラチョフ絵、福音館書店、一九六五年）などの翻訳で知られる。

＊西郷竹彦さん
一九二〇年、鹿児島県生まれ。文芸学者、翻訳家。『西郷竹彦文芸・教育全集』全三四巻、別巻二（恒文社、一九九六～九九年）など。

＊「大造爺さんと雁」
初出は「少年倶楽部」一九四一年一一月。一九五〇年代から教科書に掲載

宮川　ただ、いくつもの教科書に載っていることがいいこととは言いきれませんね。
戦後の教科書作りの理念というのは国定教科書への反発や反省から生まれたものですよね。国定教科書というのは、全国で一つの教科書を使って、これが国民教化につながったというふしがあるじゃないですか。ちょっと強引に言えば、そのことによってみんなが戦争に向かっていったという経緯もあるわけですからね。
だから戦後はもっと自由に教科書を作ろうということで学習指導要領はあるけれども、民間の各社がそれぞれ編集企画をして中身を作って検定を受けて通れば合格。これは自由競争の上に成り立っているのだから各社違う形で出すのが正しいんだけど、「ごん狐」の部分に関しては言わば国定教科書になっている。
山元　でも、「よーいドン」で入れたわけではないんですけどね。現場で多くの先生方が実践した結果なんです。
宮川　だけど四年生の「読むこと」の教材では競争はしていない。本当はあっちがいい、こっちがいいといろいろ競争が起こって作られる

されるようになり、九〇年代までは、六社から出ていた小学校国語教科書の五社までが教材としていた。その頃は、全国の小学六年生の九五パーセントが教室でこの作品を読んだ。

のが正しい教科書作りなんですけどね。

山元　多少はやっているんです。でもいろいろ出しても「それは『ごん狐』に代わるものなんですか」と言われると実はなかなかそうではないようなところがあって、「ごん狐」の採用を揺るがすまではいかないんです。それに全社採用の中で一社だけ変えるということになるとかなりの影響は出ますね。

宮川　未来永劫変わらず、今の状態が続くとは限らないわけで。いつどう崩れていくのかは興味深いです。

遠山　一社抜けたらあとは速いっていう話を聞いたことはあります。

山元　影響力のある一社が変えるとたしかにね。

宮川　ただ簡単に今の状態が崩れるとも思えないし。世の中が変わっていってこの作品を読むことはリアルじゃないという時代がやがてくるのかもしれないけども、はたしてどう崩れていくのか。

山元　私も具体的には見当が付きませんね。「手袋を買いに」は一時採用されていましたが消えていますかね。

遠山　「手袋を買いに」はいったん「ゆとり教育」*のときに消えて、

＊ゆとり教育
一般に、二〇〇二年度に実施された学習指導要領にそった教育のことをいうが、実質的には一九九八年度から始まっている。完全学校五日制の実施、「総合的な学習の時間」の導入、絶対評価の導入という特徴がある。国語科の時間数が減り、教科書もうすくなった。

また復活してるんですね。その次の改訂で東京書籍*がまた入れました。

山元　そうですね、もともと東京書籍が力を入れていた作品です。東京書籍は南吉作品は二作品扱っていることになりますね。あとの作品は読書教材という形で紹介はありますが教科書に入るのはこの二作品だけですね。中学校、高校でどうして入らないかと言えば、たぶん童話作家というみなしをされているからじゃないかな。

以前中学校教材の候補として「空気ポンプ」*を推薦したのですが通りませんでした。長さの問題もあったので中学校でも頁の範囲内に収まらないんですね。いまならOKかもしれませんけどね。

南吉は小学校で「ごん狐」の印象がやはり強いからね。あとは、同一作家の作品を複数一社の教科書に入れることにはやはり抵抗があるわけです。あまんきみこさん*の作品はある一社に二つ入ってはいます。いいものであればもちろん可能なんですが、四年の「ごん狐」が壁ですね。他の作品もうまく指導して読書活動を開いていけば、扱えるようになるかもしれません。

＊東京書籍
一九八九年度から二〇〇一年度まで小学三年生の国語教科書に「手袋を買いに」を掲載し、二〇〇五年版で改めて掲載した。

＊「空気ポンプ」
生前未発表。正九郎は、自転車のパンク直しを最初から最後までやってみたいとあこがれている。少年の心理を描いた小説の一つ。

＊あまんきみこさん
一九三一年、旧満洲生まれ。児童文学作家。「白いぼうし」「おにたのぼうし」「ちいちゃんのかげおくり」など、多くの作品が小中学校の国語教科書に掲載されてきた。

「ごん狐」の授業史

山元　「ごん狐」の国語科教育での扱いとしては、まず、ごんや兵十《ひょうじゅう》の人物の行動と心理を読み解くことが授業の中心になっています。四年生ですから、いきなり作品のテーマにはいけません。文章をうまく読めない子もいますしね。細かくストーリーや人物の行動や心理を押さえていきながら、それについて各々それぞれが考えたことを中心に授業を進めていきます。

　府川源一郎さんの『「ごんぎつね」をめぐる謎』の中に、戦後の授業研究史の中でどう評価されたのかということを書いているくだりがあって、典型的な例がいくつかあげられています。

　一つは人物の心理と行動の描写をとらえて、そこからどのようなイメージが浮かぶかと問いかける授業。たとえば葬式の場面、花はどんな花だろう、どういう景色が浮かぶかというところを中心にして授業を進めていくタイプのもの。

　もう一つは、栗やまつたけをごんが兵十の家に持ってくるわけですけど、撃たれてしまう。そこまで読んでいって、栗やまつたけを持ってきたごんの心情を推測させるという授業の記録がある。ごんや兵十の心情を推測させていくうちに、子どもが泣き出してしまうんです。そういう子どもたちの思いを大切にしながら、先生もそれ以上追及しないで、静かに授業を終えるというもの。

そして九十年代になってからはディベートをするというのがあります。ある論題をもうけて、そして議論をさせるんです。

＊浜本純逸《はまもとじゅんいつ》さんが『文学教材の実践研究文献目録』という労作を出されています。作品別に授業記録をまとめていて、その目録があるんです。その「ごん狐」のところを開いたらもう何頁にもわたっていました。

宮川　目録は、最初は本だったけれど、その後フロッピーになりましたよね。

山元　それは「ごん狐」の授業史というべきもので、つぶさに研究していくと、この作品の授業研究の一つ一つを見ることができて、ほぼすべての授業パターンがわかる。

＊浜本純逸さん
一九三七年、愛媛県生まれ。国語科教育研究者、神戸大学名誉教授。『文学教材の実践研究文献目録』は全三冊（渓水社、一九八二年〜）。

宮川　「ごん狐」という教材で、どんな授業がなされているかすべてが見られるんですね。

山元　報告されるだけでもこんなにたくさんあるんだという数です。なんといっても日本人の二人に一人が読んでいることになるんですもんね。

　ほかには、鶴田清司*さんも研究されています。明治図書出版から『「ごんぎつね」の〈解釈〉と〈分析〉』という本が出ています。そこで授業のいろんなパターンが的確に分析されています。

　実際、授業ではどう扱われているかということなんですが。ごん、兵十になりきる、理解する、という読みを大事にする方法。もう一つは描かれ方を学ぶ。そしてもう一つ、描かれている問題を対象化して「兵十はどう考えたか」「ごんは友達になりたかったのか、どうだったのか」と考える授業ですね。人物に「つく」か「対象化」するかがポイントです。両方大事なんですけどね。

　そういう意味で文学体験をどう保証していくのかがその中で大事なことなのです。かつては十何時間、多いところでは二十時間かけてい

＊鶴田清司さん
一九五五年、山梨県生まれ。国語科教育研究者、都留文科大学教授。『「ごんぎつね」の〈解釈〉と〈分析〉』は、明治図書、一九九三年。『なぜ日本人は「ごんぎつね」に惹かれるのか』（明拓出版、二〇〇五年）もある。

ます。一か月ぐらいになるでしょう。それはちょっと長すぎると批判も出て十時間ぐらいになったかな。

宮川　長い時間をかけることが自慢になる時代がかつてありましたよね。丁寧にやることが深い授業となると錯覚していたんだ。

山元　その反省から、ずいぶんその傾向は減りました。ただ子どもが飽きるからということでもなくてですね。ただし作品によってはたしかに時間をかけてやるといい作品もある。

考えられること、テーマがたくさんある作品、たとえば「ごん狐」はそれに値するわけです。言葉にしても人物の話し方、たとえば兵十のあとをつけているごんの歩き方一つ取っても解釈を深めていくことができる。それだけの書き方を南吉はしているのです。だから時間をかけようと思えばいくらでもかけられるんですね。

宮川　「引き合わないなあ」とかね。

山元　いずれ全社採用はなくなるかもしれないけれど、こういう点で長く教科書に居座るだけの理由があるんです。たとえ鈴木三重吉との合作としても、これだけのきちんとした描き方がなされているし、読み手としてここまで深く広く読む込むことができる作品だと言えると思います。

宮川　学ぶポイントがたくさんあるということですね。

山元　国語科教育においては、言葉と子どもを関わらせるということがとても大事なポイントで、この作品はその教材として十分に堪える作品であると言えます。

しかし、言葉と関わらせる中で、先生の解釈が正面に出てはいけないんです。子どもにとってはそれは辛い。先生の考えが正解になっては何にもならない。上手な先生は言葉と関わらせておいて先生もそこへ一緒に関わっていく。

たとえば「引き合わないなあ」なんて言葉も「それはどういう世界なんだろうね」って。そういうふうにもっていけば正解は一つでないということに行きつくわけです。先生の解釈が正面に出て「こう読まなくてはだめ」となったときは、言葉と向き合わないで答えと向き合っている。これはよくない。

宮川　先生が何を考えているかを探ることが授業になっちゃう。

山元　そうしたことは、授業方法の問題点としてよく指摘されていますね。

宮川　テキストに答えを求めるんじゃなくて先生に答えを求めてしまう。

山元　それが先生と子どもとの間に見えない壁を作ってしまうことになる。

教師という読者

宮川　たしかに先生が答えを握っているというのはまずいという問題はあるけれど、一方で、「ごん狐」なんかについて言うと、この「先生」という読者層が確実にありますよね。子どものことばかり問題にしがちだけれど、この読者層がある。遠山さん、こういう人たちが記念館にいらっしゃるでしょ？　とても思い入れが深い人たち……。

遠山　そうですね、細かいところにこだわっている方がいます。記念館のビデオも少しは脚色していたりするわけですけど、「この視点が抜け落ちている」といった指摘をされることがあります。教員の方なのか、ご自分が授業で重要な点としていた部分と異なると「これではいかん」ということなんでしょうね。「ごんは何歳なんだ」なんて聞かれることもあります。

山元　何歳だろう、五歳くらいかな。

宮川　ここで先生という立場を考えてみたんですが、今度、賢治を読む鼎談に出てもらう石井直人さんが最近発言しているんだけど、児童文学の歴史を考えるときに、作者の側から考えるということ、一方で読者の側から考えるということがあるが、もう一つ、媒介者*から考えた児童文学史という考え方があるんじゃないかと言っています。

子どもの文学って大人が書いて子どもが読むんだけど、その間に、渡し手が必ずいるわけですよね。お金を出して買って与える人、教科書に載せるということもそうだし、それを教室で扱うこともそうですしね。教師も重要な媒介者ですからね。教師から見た「ごん狐」論というのもあっても面白いかもしれませんね。教師は「ごん狐」の何に惹かれてどういうふうに実践をしていくのか。

遠山　それは非常に面白いと思います。

＊媒介者
子どもの本の場合、本を読む層（子ども）と、本を買う層（大人）とは別のものである。菅忠道《かんただみち》は、これを子どもの本における「顧客の二重性」とした（菅「児童文学史の方法について」、「新児童文化」一九四〇年一二月）。子どもの本を買い、子どもたちに渡していく大人たちのことを、宮川は「媒介者」と呼んできた。「媒介者論」の可能性については、宮川「児童文学理論の歩みと未来」（日本児童文学学会編『児童文学研究の現代史』小峰書店、二〇〇四年所収）など参照。

宮川　教師論みたいになるのかな。明らかに自己表現としてやっている人っていると思うんですよね。ただ手渡すんじゃなくて、もっとそこに教師の存在が関わる、手がかけられてしまうという、その存在が良くも悪くもあるんですよね。

山元　そういう個別の教材をある教師がどう考えているかということに特化した研究はほとんどないですね。

「ごん狐はテーマがたくさんある教材」と山元さん。

宮川　ベテランの教師なら、まず二十代で教えて、三十代、四十代、五十代で教えれば自分を実践者として磨いていく何かの指標になるんじゃないかな。この次はこうしようって。若いときの実践との違いを自分で自覚することも出てくるでしょうから。「ごん狐」は、そういう教師修業の場になってますよね。どこまで自分がやりきれるかって賭けてる。

山元　同じことが賢治の「やまなし」にも言えます。

宮川　「大造爺さんと雁」もちょっとそうかもしれない。「ごん狐」は明らかにそうですよ。だからこの次はうまくやろうと思っている教師にとってはそう簡単に教科書から消えてしまっては困るということにもなるかもしれないですね。

山元　「一つの花」*もそうだ。

宮川　全社の教科書に載っているのが「ごん狐」だけだと、南吉はこれだけ読めばいいというように思われる危険はありませんか。

山元　それは現場でどう広げていくかという問題です。「ごん狐」の読書体験を踏まえて、南吉の他の作品を読んでみようか、きつねのほかの本を読んでみようかという方向に開いていくというやり方があります。

宮川　でも六千万人のほとんどの人が「ごん狐」で終わってしまうんだろうなあ。

山元　この鼎談の前半に登場した作品は実は普通の人はほとんど触れることのない作品かもしれませんね。新美南吉研究をする学生でさえ

*「一つの花」
今西祐行作。初出は、『教育技術小二』一九五三年一一月。一九七〇年代以降、各社の小学国語教科書の四年生にしばしば掲載されてきた。

「ごん狐」から入りますからね。

宮川　そうすると新美南吉イコール「ごん狐」って作家にとっては幸か不幸かっていうことはありますね。

山元　賢治の場合は、小学校*の国語の教科書に「雪渡り」や「注文の多い料理店」もありますが、小学生にとって初めて出会うのは多くは「やまなし」ですからね。

宮川　でも賢治の場合は、ほかのものも読むじゃないですか。「風の又三郎」やら「銀河鉄道の夜」やら。

遠山　でも、最近は南吉の幼年童話がたくさん絵本化されていますから、小学校にあがる前から「ごん狐」以外の南吉作品と出会う機会は増えていますよ。

宮川　ただ「ごん狐」を読み深めるためには、今日出てきた「屁」「川」「久助君の話」などを読んでからもう一度読むと、「ごん狐」もそういう世界に非常に近いもの、二面性みたいなものを持っているなと、そういう景色として見えてきますからね。

山元　同じ作品をもう一度読むっていうこと自体でも、もはや印象は

***小学校の国語の教科書に……**　「雪渡り」は教育出版の五年生に掲載されてきた。「注文の多い料理店」は、各社の小学五・六年生にとられてきたが、中学校や高校の国語教科書にのる場合もある。「やまなし」は、光村図書が一九七一年以来、六年生に掲載している。光村図書の小学校国語教科書は採択数が多く、そのために、多くの子どもたちが「やまなし」に最初に出会うということが起こっている。

変わってきますしね。

宮川　ごんだっていたずらものの顔と悲しみを持った顔と二つの顔を持っていると言えますよ。「ごん狐」は、ごんの二面性が兵十にどう見えるか見えないか、という話として読むこともできるはずです。そこに人とはなかなか通じ合うことができないという悲劇性が浮かび上がってくる。他の作品をいろいろ読んで、もう一度「ごん狐」に戻って読むとそれが見えてくるということがあるんです。授業で「ごん狐」だけやっているとそういうふうには扱えないでしょう。

山元　そうですね、ストーリー中心になりますよね。もちろん、初めはストーリー中心であったとしても、何度も読みながら、叙述の細部に目を向けていったり、書き手はどうしてこんなふうに書いていったのか、ということを考えていったりすることもできます。でも、四年生の授業ではなかなかそこまでやっている先生はいませんよね。

宮川　授業ではやっていなくても、先生は一応そこまで考えてほしいなあ。

子ども時代の時間と場所

宮川　冒頭でも出ていましたが、この地域の風土と言葉というのは、南吉の童話の世界に密接に関わっていると思うんですが、遠山さんはそのことを具体的に感じたり考えたりしていらっしゃるでしょう？　いくつか代表的な問題を紹介していただけませんか。

遠山　皆さんにお渡ししたのは、南吉が安城高女に勤めていた昭和十四年の正月に書いたものです。二行目から、

「心を落ちつけてキュリー伝を読もうと思って離れへ来る途中神社を通るとそこで子供達がベースボールをしていたので見ていた。じっと見ていると彼等は私達があの年輩だったころとは二十年も歳月をへだてているにも拘らず、またあの当時我々はみな着物だったに引きかえ彼等は洋服をまとっているにも拘らず、私には彼等の心持ちがよく解った。私達のあの当時の心持ちとちっとも変っていないことがよくわかった。言葉もまたあの頃使っていた我々の言葉と同じだった。〝ぎゃはい〟、〝くそだあけ〟、〝きさん〟等々。一人一人の子供の動作もく

*「心を落ちつけて……」『校定　新美南吉全集』第一一巻（大日本図書、一九八一年）参照。

せもあの当時の我々の仲間の誰か彼かを思わせる様なものばかりだった。遠藤先生や巽の家で見た子供、東京の郊外で遊んでいた子供、彼等はいくら見ていても気持ちがわからなかったが、故郷の子供はこんなに直接にわかるのだなと思った。……」と。

南吉が、故郷や子どもを書いていこうという理由がここにあるのかなあという気がします。実感を持って書きたいということですよね。実感がないものは南吉は書けない。故郷という実感の持てる場所で故郷を感じて書いていたかったんじゃないかなあと思います。

宮川　これは非常にうまいところをピックアップしてくださいましたね。よくわかります。

遠山　南吉は、実は創作を始めたうんと早い時期から故郷にかなり関心を持っているんですよね。故郷の民話や童謡を集めたりしています。先ほど触れましたが、最初「ごん狐（権狐）」も故郷で伝承された物語という形で書いています。そういう下地があったうえで一度東京に出て、病のために帰ってくる、そしてもう一度故郷を見る。その体験の中でまた新たな故郷の姿に気づく。そういうことをしていく中でまた故郷に惹かれていったんだと思うんです。

お配りした資料に次のような日記の一節もあります。

「こんな風景は依然ちっとも自分の感興を起さなかったが、近頃はこんなありふれた身近なものを美しいと思うようになった。ごく平凡な百姓達でもよく見ていれば誰もが画いた事のないような新しい性格をもっており、彼等の会話にはどの詩人もうたわなかったような面白い詩がある（昭和十二、二、四）」と。岩滑に戻ってから、南吉が故郷を再発見していく経過がこの日記の中に散見できるんですよね。

こんな記述もあります。

「今まで愛知県南部の自然を平凡で見るべきものなしときめていたが、この頃決してそうでないことが解って来た。（昭和十五、四、一二）」

南吉というのは、自分の暮らしの中で、普通の人々の普通の暮らしを見つめ、そこからエピソードを取り出して、「新しい性格」「面白い」出来事を見つけ出してお話を書いている。その舞台として知多半島はけっしてすごい特徴があるわけではない、穏やかな気候ですしね。「思想というものは知多郡のような平和なところでは少しも現実に対

*「こんな風景は……」『校定 新美南吉全集』第一一巻（大日本図書、一九八一年）参照。

*「思想というものは……」『校定 新美南吉全集』第一二巻（大日本図書、一九八一年）参照。

する力を持たない。（昭和十二、二、一二）」とも。

そんなたよりない、故郷の中にも、そうでもない、新しい見方、面白い書き方ができるものなんだと、気づいたということです。普通の暮らしを面白く書いていこうという舞台として、実は知多半島がかえっていい舞台なんだということが言えるような気がします。

では、知多半島の風土はどういうものか改めて考えると、小川未明の舞台になるような上越の冬の暗さはない、賢治の描く北上のような自然の厳しさもない。それに比べれば南国の穏やかさ、明るさがあります。これは昭和十七年に書かれた民話的メルヘンのような明るさや伸びやかさにつながる。

一方で、ここは海に挟まれて丘陵が多く耕地面積が少ない。昔は尾張八郡の中で人口に対する耕作地面積がいちばん少なかったそうです。そういう中で暮らしていくには「黒鍬《くろくわ》稼ぎ」といって溜池づくりで培った土木技術を活かして働く者がたくさんいて、頑丈な鍬を担いで京都や遠くは赤穂のほうまで出稼ぎに行くわけです。「最後の胡弓弾き」に出てくるような門付万歳もそうですけど、結局農業だけでは生活できないので、本当にくるくるとよく働くわけなんです。彼らには生活力があり、活気がありますす。南国ののんびりさだけではないんですね。知多半島の人はたくましいんです。

南吉のお父さんも、百姓に生まれたのに畳屋を自分でやり、奥さんに下駄屋をやらせている。そういう人を身近に見ながら創作しているわけです。作品に出てくる人もみんなたくましいんですよね。そんな環境で、自分一人が身体が弱く生まれてきて、違和感を感じているところもあるでしょうね。先にもご紹介がありましたが、『大全』の解説に引用されていた日記に見られます。

「酒宴がたけなわとなる頃私は彼等無智な男達から一種の圧迫を感じた。私は彼等の逞しい肉体をうらやましいと思った。そして彼等こそ本当の人間であるというように思えた。では私は何だろう。私は一種のひこばえの如きものかも知れない。しかし不幸なことには生活力のないひこばえが人一倍思考力を持っているのだ。（昭和十、三、十四・推定）」*

人々のたくましさを描きながらも、そんな中で自分だけが異質な者

*「酒宴が……」『校定 新美南吉全集』第一一巻（大日本図書、一九八一年）参照。

であるという寂しさも感じていたと思います。明るい作品の中で南吉のどうしても寂しさが出てきてしまうのは、このあたりの事情が理由のような気がします。

宮川　ところで、南吉が故郷や子ども時代を描く姿から感じたことがあるんです。私自身も少し歳をとってきましたが、歳をとっていくのもそんなに悪いことじゃないような気がするんですね。五十代になっちゃったら少年時代のことなんて全部なくなっちゃうんじゃないかと思っていたんですが、そうでもない。さまざまな過去が自分の中に地層のように打ち重なっている気がするんです。現在のすぐ下に四十代の自分という地層がある。その下に三十代、二十代……、子ども時代があってそれをボーリングしていくと、ちゃんとそれぞれの時代の自分を今につながっていることとして思い出すことができるんです。

先ほどの南吉のベースボールの文章もそうですよね。けっして長い人生ではありませんでしたが、やはり南吉の中に自分の子ども時代が地層みたいに残っていて、そこには具体的な故郷という場所があるわけです。場所を共有している子どもたちとはつながることができる、過去の子ども時代の自分と場所を、共有している子どもたちとは通じ合えて、その子どもたちのことは自分のことのようにわかってしまう。東京の子どもたちとは場所を共有していないからわからない、そういうことかなって、たいへん面白いと思いました。

ただ、場所を共有している人たちの間では彼は異質だからね。逆に故郷の中で感じる孤独みたいなものがあった。東京に行けばかえって孤独でなかったのかもしれませんね。巽聖歌のような文学上の先輩もいたし。遠山さん[*]は東京での南吉の体験についてもいろいろ調査をなさっていますよね。

南吉の東京

遠山　南吉が暮らしたのは東京市内の中野区なんですが、いわゆる下町に暮らすんではなくて郊外の中野に住んだ。

『中野区史』を見ますと、当時は中野という町が従来のコミュニティが壊れ始めて、古くから住んでいる人と新しい住民が摩擦を起こす頃なんです。戦後、日本中で起きる現象ですが、中野はとても早い時期

＊遠山さんは……
遠山光嗣「東京における南吉の足跡調査について」Ⅰ・Ⅱ（『新美南吉記念館研究紀要』五号、七号、一九九八年、二〇〇〇年）

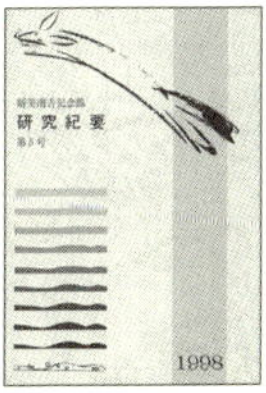

にそれを経験しているわけです。
　学生だった南吉がそれで困ったことはなかったようですが、その従来の地縁共同体が崩れていく中で、故郷の知多に帰ってみるとそれがしっかり残っていた。その落差は感じていたでしょうね。だからこそ故郷を見直すことができたのかもしれませんね。

宮川　ちょうど都市化が始まる場所だったんですね。中野って今は都会ですけど当時は相当田舎だったらしいですよ。これはもう戦後になってからですけれども、うちの母が中央区の築地で小学校の教師をしていたんですが、中野に下宿を世話してくれる方がいたんだけど、「あんな牛が鳴くような所はちょっと」とためらって、断ったそうですよ。

遠山　そこに関東大震災があって、そのあと郊外に人がどっと流れ込んできて、中野にもよそ者が入ってきたところに、南吉も入っていったのだと思います。

宮川　まさにそれまでは半田みたいだったところが、その形態を崩していった、そこに南吉はいたんですかね。

方言の使われ方について触れたいんですが、今のベースボールの文章についても、僕には、意味がわからない箇所がいくつかあります。

遠山　そうですよね。私でも「ぎゃはい」というのはわかりませんでした。「ざまあみろ」といった意味だそうです。「くそだあけ」「きさん」はわかりますね。

知多半島は縦に長いんですが、三河湾側の半田と伊勢湾側の常滑ではだいぶ言葉が違うんです。私の妻が常滑なんですが、その違いはけっこうカルチャーショックでしたよ。つまり半田というのは半分、三河弁なんです。対岸の三河の影響が強くて、岡崎や安城の言葉にかなり近いんですね。ですから南吉が安城に暮らしていても*違和感はなかったと思います。安城の子どもたちも「故郷の子ども」たちに値すると思います。

宮川　それはけっこう重要な点だと思います。高等女学校で作文を教えていましたよね。方言がわからないと教師としてもかなりきついんじゃないですかね。

遠山　そうかもしれません。でも南吉は自分の童話では方言を使いま

＊安城に暮らしていても
……
南吉は、一九三八年四月に安城高等女学校の教諭となり、翌年四月からは安城に下宿するようになった。

すが、作文の指導では生徒の方言を標準語に直してますけどね。（笑）

宮川　南吉が女学校の先生をしていた頃は安城と半田の関係はどうだったんですか？　安城のほうが大きいですか？

遠山　人口としては半田のほうが安城の二倍で約五万人です。しかし、安城は確かに成長しています。「日本デンマーク」といわれていて多角的農業が盛んなんですよ。米麦だけではなくて、ナシだとかスイカだとかいろんなものを育てています。卵なんて九割以上を東京に出荷しています。産業組合の仕組みがしっかりしていたのも特徴です。新しい農業を発展させていこうとする庶民の力がありました。この庶民の力という点では知多半島と安城は似たところがあったかもしれませんね。

宮川　言葉の話に戻りますが、遠山さんはこちらのご出身ですから、作品の中でピッタリくるなあなんて感じる箇所なんかはありますか？ご自分の身体性に非常にフィットするみたいな。こういう言い方ってするよねっていう感じはありますか。時代が違うでしょうけれど。

遠山　「久助君の話」の中で「徳一がれに居やひんかア」という台詞

が出てきますが、「居やひんか」というのは普通に使いますね。でも「がれ」はもう私の世代では使いませんでした。

宮川　意味はわかるけど我々は使わないな。そういう点で、この地域の子どもたちは他の地域の子どもたちと読み方が違ってくる、作品のニュアンスを深く受け止めていると思いますよ。

遠山　残念ながら「ごん狐」は方言が抜かれています。

2013年の生誕百年の準備に忙しい遠山さん。

宮川　それはすでに三重吉効果*ですよね。だから教科書に載ったんですよ。元々の形だったら載ったかどうかわからない。

山元　註を付けますが、註を付けなくてはいけない状態ではなかなか教科書には載らない。

宮川　会話文の方言はいいんですが、それが地の文にまで及ぶとやっかいですね。

＊**三重吉効果**　一六八〜一六九頁の宮川の発言参照。

遠山　言葉じゃないんですけど、「花を埋める」という遊びは私もやったことがあります。実は、ここに勤めて初めてあの作品を読んで「ああ、やった、やった」と鮮明に思い出しました。

宮川　文学作品って、自分では自覚していないもやもやした気持ちとか過去の体験に、はっきりとした輪郭を与えてくれる、ああそうだなと思わせてくれることがあるわけだけど、南吉の童話にはとくにそういうところがありますよね。

遠山　そうですね。「現代の読者」ということで考えてみると、「ごん狐」の読者の中には、昔教科書で読んで、大人になってからまた再会して読んでいるという人たちが大勢います。

遠くから来てくださる方の中には、とくに大人になってから、もう一度南吉に出会って「ああ懐かしい」と思いつつも、「あれ、あの頃とは違う読み方ができるんだなあ」と感じていらっしゃることもあるようです。それは「現代の読者」というのとは違うかもしれないけれど、今記念館に来てくださる方の多くは再会して南吉を再評価している読者なんです。南吉の作品というのは先ほど出ましたように、二度出会う、再会してまた味わえるように書かれている、南吉が意図したしないにかかわらずそういうものになっているように思います。

宮川　「二度出会う南吉」というフレーズ、「生誕百年」*に使えそうですね。

山元　先ほど、最初に読んだときに経験に形を与えてくれるというのが文学体験だとおっしゃっていましたが、まずその最初の「読書の出会い」の経験があり、それを繰り返しながら思い出してまた出会う。これが二度出会うということですよね。

読書経験として二度出会うということ、またそれを人に話すことによって、あるいは自分の悲しみなんかの経験が、「ああそういうことだったのか」なんていうふうにわかったりしますね。

松岡正剛さんの『多読術』*が売れていますけど、書評を書くときに再読するから腑に落ちる、というところがあるということを書いています。今それを思い出しました。授業は再読のプロセスなのだから、松岡さんの書いていることは、授業の中での読み方としても納得できます。

*「**生誕百年**」　二〇一三年が新美南吉生誕百年。半田では記念事業を準備している。

*『**多読術**』　ちくまプリマー新書、二〇〇九年。

幼年童話が描いたもの

遠山　今、「南吉の作品っていいですね」と言ってくださる人に多く見られる傾向が「でんでんむしの　かなしみ」という作品に触れているということですね。「悲しみは誰でも持っているんだ」というテーマです。皇后様が*紹介してくださったので、新聞などで目にして求めて読んだんでしょうけどね。

最近も新聞で取り上げられまして、お手元にある切り抜きは、イラクで命を落としたカメラマン橋田信介*さんの奥さんの記事です。自分だけじゃない、相手も悲しいんだ。相手の悲しみを知ることで自分だけが悲しいんじゃないんだということに気が付かないと、たとえばイラクでは憎悪の連鎖が起きてしまう。それを断ち切るには相手の悲しみを知ること、それがきっかけになるんじゃないかと思っていらっしゃるんですよね。

悲しみは誰にでもあるんだと考えるだけで少し楽になれる。そして、折り合いを付けて生きていくことにも気づくでしょう、そこにつなが

＊皇后様が
美智子著『橋をかける――子供時代の読書の思い出』（すえもりブックス、一九九八年）の中で、四歳から七歳のあいだに出会った話として紹介されている。

＊橋田信介
一九四二〜二〇〇四年、山口県生まれ。フリージャーナリスト、戦場カメラマン。イラク戦争を取材中、バクダッドで襲撃され亡くなる。

ることも思うんですよね。

宮川　「他者の発見」ということがはっきり書かれているんですよね。

遠山　こういう作品をもっと紹介することも、これからやっていけることの一つなのかなあという気がしています。

宮川　そこのところどうですか。

山元　この作品も三作品に選ぼうかと思ったものの一つです。相手も悲しみを持っているんだ、自分だけじゃないって、たぶん想像力ってそういうことだと思うんですが、子どもたちがそれを感じてくれるといいなって思います。

　橋田さんの場合、このとてつもない体験の悲しみがあって、その悲しみの中で出会ったんだと思うんですよね。この経験は悲しすぎますが、そういう出会い方をしたってことをこの記事は伝えてくれている。これもまた経験に輪郭を与えてくれる作品なんですよね。

　ですから作品だけでは、読者が作品と出会うだけでは意味を持たないこともある。またこんな出会いをしたということをまた誰かに話してくれるといい。書き手も、思想だけ、あるいは観念だけで書いていないから、読む側に体験があると非常に深く理解ができる。本人に苦しみや悲しみがあったから、「折り合い」まで考えが及ぶんだと思うんですよ。

宮川　そうですよね、南吉の中の観念とか体験とか、それをなんとかうまく言えると、作品の世界をもっと深く表現できるような気がするんです。一方、やっぱり観念を書こうとしているところもあると思うんです。「でんでんむしの　かなしみ」もそうだけどね。

山元　たしかにある意味、観念的、理念的なところがありますよね。

宮川　だけどそこに南吉自身の体験のような具体性もかなり入っている。作品によりますが、幼年童話などは案外理念を書こうとしている。「おじいさんのランプ」なんかだと、もっと小説的な世界になっている。ランプを吊して割るなんていう名場面を書いてしまうのでエンターテインメント性も出てきてしまう。

小説というのは、具体的な場所で具体的な人物をおいて、主人公がずーっと生きてきた結果、何が描かれている、描かれていないという世界なんだけど、童話っていうのは、観念がまずあると思うんです。

子どもの文学は戦後、小説的なものに変わっていくんだけれど、南吉は観念をどこかで書こうとしている。でもやはり童話でありながら具体的な体験が入りこんでくる部分もあり、小説的な部分もかなり抱え込んでいる。その点で、現代児童文学にちょっと近づいている人ではあるんです。

山元 幼年童話のほうは、哲学者の挿話のような雰囲気ですよね。

宮川 そうですよね。難しいですよね。

山元 ニーチェ*だとかね、具体的な挿話で語ろうとしているところもありますから。『道徳の系譜』なんか思い出させますよね。

「ごん狐」の未来

宮川 だいぶいろいろ話しましたが、未明や賢治との同時代性ないし違いといったことに関して何かあったらお聞かせください。

遠山 未明は南吉のお父さん*より年上です。二人は世代がまったく違うんですよね。

山元 「赤い蠟燭と人魚」にしても「時計のない村」にしても「飴チ

＊ニーチェ
一八四四〜一九〇〇年。ドイツの哲学者。『道徳の系譜』は一八八七年の著作。

＊南吉のお父さん
南吉の生まれた一九一三年に、父渡辺多蔵は二九歳だった。この年、小川未明は三一歳。

ヨコの天使」にしても、読者は人物を取り巻く社会に目を向けていくことになる。ストーリーを追うだけでは済まされない。未明には社会批判の物語がけっこうありますよね。

宮川　社会批判が多いですよ。特高警察につけねらわれていた人ですから。

山元　賢治については、故郷でののけ者的な一面がありますよね。その点では未明も南吉も共通していませんか？　賢治も南吉も故郷に戻ってきてはいますから、ちょっと未明とは事情が違いますが、だからこそ自分を描くことができたのかなと。

宮川　故郷でののけ者というのは遠山さんの話にも出てきましたよね。ほかに何かありますか？

山元　館内の展示にもたくさんの絵本が並べてありましたが、絵本の場合は絵の表現で印象がずいぶん違いますね。ほかの挿絵との比較も面白いものです。授業研究で読み比べをすることもあります。「やまなし」でやっていますね。南吉の「ごん狐」を見てみると挿絵画家の視点、描く側の角度も違っていて面白いですね。

宮川　そうですね。どの場面を絵で取り上げるか、どの見開きに文字を収めるかというのも影響があると思います。

山元　絵の要素は画家の力、編集者の力、たくさんある絵本から買って与える大人の感覚、いろんな要素が影響しますね。大人になってからなら、アート作品として好みのものを選ぶでしょうしね。童話って最初に出会うものとして、内容の理解度もずいぶん絵によって影響されるなあって思います。

宮川　それにしても南吉の作品は絵本が増えましたよね。挿絵がふんだんに入っている幼年向けの単行本もありますしね。

遠山　増えましたね。「花のき村の盗人たち」が絵本になったのは意外でした。あんな長い話は絵本にならないと思っていましたから。*「巨男《おおおとこ》の話」は絵本にあるといいなあと思っていたんですよ。そうしたらなりましたね。広がってきていますね。「ごん狐」は以前からたくさんありますが、人間の子どもに近く描くか、動物として描くかでかなり印象が違いますね。

山元　どれがいちばん出ているんでしょうか。

＊「巨男の話」　雑誌「緑草」に投稿して、一九三一年一二月号に掲載された作品。巨男の母親は恐ろしい魔法を使う魔女だけれど、巨男の心は美しい。絵本は、津田真帆絵、大日本図書、二〇〇五年。

宮川　黒井健*さんかな。でもあれは黒井さんの絵が作品のイメージを逆に決めちゃったのではないでしょうか。

山元　外国の授業の例では、自分たちで挿絵を描いて画家の作品と比べる、そんな授業方法もあります。描くのは一場面だけだったりもしますが。もう一度作品鑑賞を深めていく手がかりになっています。

宮川　教科書だけでなくメディアを作りかえてみるのもいいかもしれませんよね。

山元　教室では友達と比べてみるといいんですよ。

アメリカではアート教育やリテラシー教育の分野でそれを使っていますね。*『シャーロットのおくりもの』を書いたE．B．ホワイトに*『スチュアートの大ぼうけん』という作品があります。ガース・ウィリアムズという画家が挿絵を描いています。アメリカの美術の先生がこの物語の一節を音読して、その場面の絵を子どもに描かせて、それを友だちと比べさせたり、ウィリアムズの挿絵と比較させるという実践があります。一種の読み比べですね。図書館で読み比べみたいなことをするといいんですよ。記念館ではなさいませんか？

＊黒井健さん
黒井健絵の『ごんぎつね』は、偕成社、一九八六年。黒井の『手ぶくろを買いに』（偕成社、一九八八年）もある。

＊『シャーロットのおくりもの』
原著は一九五二年。さくまゆみこ訳、あすなろ書房、二〇〇一年。

＊『スチュアートの大ぼうけん』
原著は一九四五年。さくまゆみこ訳、あすなろ書房、二〇〇〇年。

遠山　そういうのは、していませんね。

宮川　遠山さんは四年生の教室で「ごん狐」の授業を出張してやったりしないいんですか？　やったらどうなるだろう。

遠山　「ごん狐を読んでいく」という授業はやはり学校の先生がやるんですよ。学芸員はそこには入っていけない。でも「南吉出前授業」というのはやっています。南吉がどんな生き方をして、どういうことを作品の中で描こうとしていたのかを話しています。

宮川　それは一時間ぐらい、四年生対象ですか？

遠山　そうです。

宮川　どうですか。反応は？

遠山　「はりきり網」だとか「鉦《かね》」など物語に出てくる道具を持っていきますので、子どもたちはどうしてもそちらに反応しますね。でも、自分の命に限りがあることを常に意識して、自分の好きなことに全力を注いだ南吉の生き方に何か感じてもらいたいと思っています。

これから「ごん狐」がどう読まれていくのかってことなんですが——。

最近、メディアの取材が増えてきました。それは南吉が児童文学の世界だけではなく、一般の世界で日本の代表的作家の一人として評価され始めたからかもしれませんが、一つには、「ごん狐」で育った三十代四十代の人たちが、社会の多方面でいろんなことを企画していく中心の年齢層にそろそろなってきたからじゃないかとも思うんです。「ごん狐世代」と言ってもいいかと思うんですけど。記念館としてもいろいろ発信していきますが、彼らに自分たちの世代の共通の題材として扱われることで、ますます光が当てられることになっていきそうな気がするんです。地域とか児童文学の枠を超えてですね。

宮川　国民の素養となっていくということですかね。

遠山　そういう誰でもが共通して知っていることって少なくなってきている気がします。その意味で貴重な存在になってきていると思うんです。

宮川　山元さんは「ごん狐」で授業したことないんですか？

山元　ないです。大学での講義ではありますけど。「ごん狐」をどう教えるかということについての講義です。小学校の教員養成のための「国語科教育法」の一コマで、です。

編集部からも質問があります

編集　一つ、大きな問題かもしれませんが……。南吉が作品を書くときの姿勢ですが、子ども向けに書こうと思って書いているのか、素材は子どもだけど普通の小説を書くつもりで大人の目線で書いているのか。また教科書に使われるということは、大人が子どもにとっていいと思って選んでいるのか、子どもが本当に面白いという裏付けがあって選んでいるのか。そのあたりは疑問に感じるんですが。

宮川　南吉についていうと、南吉自身が中学生のころからいろんな雑誌に投稿するような少年だったんですよ。「赤い鳥」以外にも出してるわけですが、「赤い鳥」というのは、子どものための雑誌ということではあるんですけど、実際には童謡などを投稿していた人は青年なんですよね。南吉は代表格で、巽聖歌《たつみせいか》も、与田準一もそうなんですね。十代から二十代の青年が「赤い鳥」を好んで読んで、それに童謡や童話を投稿していく人になっていくわけだから、どっかで青年文化、青年たちの楽しみなんです。ちょっとモダンな青年文化と言えると思う

＊いろんな雑誌
「兎の耳」「緑草」「愛誦」「少年倶楽部」など。

＊巽聖歌
一九〇五〜七三年、岩手県生まれ。童謡詩人。雑誌「赤い鳥」に投稿した「お山の原っぱ」「水口」などが北原白秋の目にとまり、掲載されたことから出発する。

＊与田準一
一九〇五年〜九七年、福岡県生まれ。童謡詩人。雑誌「赤い鳥」に投稿した「霜夜」が北原白秋選で初めて掲載される。同誌に三九編の童謡が入選。

んです。
南吉は早くからそういうことをしていた。だから自分が子どもであることと、童話を書く側に回ることが案外くっついているということなんですよ。自分の表現が、子どもが読める表現に、わりとするりとなってしまったということがあります。そしてだんだん書いていくうちにそこに大人としての思いが加わっていく。あんまり、自分の表現と子どものための表現とにすごく乖離がある人ではないんです。

遠山　南吉の論文の中に「外から内へ——或る清算」*というのがあるんですよ。
ファーブル昆虫記を例にあげているんですが、これは人間が昆虫のことを見て昆虫の生態の面白さを書いているものですよね。人間が読むとそれは面白い。だけどそれを虫が読んでも面白くない。児童文学もそうで、大人が大人の目線で観察して子どものことを書いているのが当時の児童文学、大人の目線で観察された自分たちの姿を子どもが読んでもそれは面白くないだろうと。やはり虫の視点から、つまり子どもの視点から見た世界を書くことが大事なんだとそこに書いていま

＊「外から内へ——或る精算」
『校定 新美南吉全集』第九巻（大日本図書、一九八一年）参照。

すね。それじゃあ、子ども自身がいいものを書けるかと言ったら無理な話で、大人が子どもの視点や思考を整理して書いていくのが児童文学だと言っています。南吉が若い頃に書いた論文です。南吉は子どもの立場から書いているということなんでしょう。

編集　早く亡くなっているからあまり創作時間がない。長生きしたら何書いていたんだろうと思いますね。創作の中で童話のほかにいろいろあったんですか。

遠山　詩や小説、戯曲も書いています。

編集　いろいろやってやっぱり児童文学に行き着いたんでしょうか。

遠山　そうですね、最晩年には少年小説と民話的メルヘンに集約されていきます。詩は書き続けていますが。南吉は残された時間が少ないと自覚していたんだと思いますよ。

中学の卒業の時の短歌で「我が母も我が叔父もみな夭死せし我また三十《みそじ》をこえじと思ふよ」という歌があるんです。十七歳の時の歌で、自分は三十路を越えられないだろうとうたっています。すると人生の半分をすでに生きてしまったことになるんですね。その後も喀血などをして、自分には十分な時間が残されていないとずっと意識していたと思います。

宮川　本当に予告通りで、あと三、四か月で三十歳だったんですね。

遠山　短い人生の中で急速に成熟した。あまり無駄なことはしていられなかったんでしょうね。

山元　巽聖歌がそう導いていってくれたんでしょうね。

遠山　巽聖歌や与田準一に認められたいという気持ちはあったと思います。

宮川　*身内以外で南吉の作品を初めて評価したのは石井桃子たちの*『子どもと文学』なんですね。与田さんも巽さんもお兄さんとしてですからやはり身内なんですよね。

　石井桃子たちの一九六〇年の『子どもと文学』では、評価の仕方についてある構図を持っていて、作品がストーリー型と心理型に分けられるとしています。たとえば「ごん狐」「てぶくろ」などはストーリー型で、児童文学としてとてもよいとしていて、少年小説にあたるようなものは心理型で、子どもにはどうかと割とはっきり言っている。

＊身内以外で……
児童心理学者の波多野完治も、早い時期に新美南吉を評価した。波多野「新美南吉の童話」（『新児童文化』一九四七年九月）など。

＊『子どもと文学』
中央公論社、一九六〇年。「子どもの文学はおもしろく、はっきりわかりやすく」というのが世界的な児童文学の規準であるとし、その前提に立って、日本の近代児童文学を検討した書物。「新美南吉」の章は鈴木晋一が執筆。

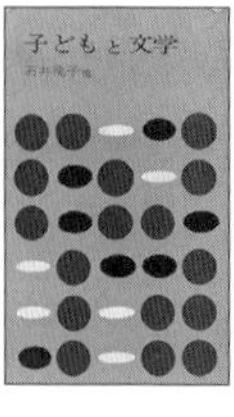

でも「ごん狐」に即していえば、これはストーリー型ではあるけれど実は心理型であるんです。そこのところがわかるのが、南吉というものが見えてくる道じゃないかと思うんです。それが「二度出会う」ということかもしれないけど、南吉の世界が急に開かれると思うんですよね。

編集　二度読まれるっていうのは南吉に特出したことですか。

山元　いや、そうではないと思いますよ。

宮川　教科書にあるから、南吉については最初ここで出会って、という人は多いということは言える。

山元　二度出会うという点でよく取り上げられるのは「注文の多い料理店」でしょう。

宮川　いい作品というのは、読み直すと底が次々見えてくるということがありますね。

山元　教材はとくにそうですね。繰り返し読む魅力がない作品は教材として取り上げませんね。

遠山　南吉の作品は、悲しみを背負っているという特徴がありますから、やはり大人になっていく過程でそれを経験すると、作品の中の悲しみをまた改めて理解する、ということがあるかもしれませんね。

宮川　ただ、現代児童文学の世界ではこういった二重底、三重底の作品が必ずしもいい作品ではないと思っている人たちもいるんです。

たとえば古田足日さんとか山中恒《やまなかひさし》さんなんかは、子どもがある時期に出会って、本当に理解できて本当に面白く感じる作品が理想だという、そう考える向きもあるんです。また出会い直して深くなっていくんじゃなくて、ある時期の子どもが本当に面白いって読める作品かどうか、そういう作品が理想だって考えるんです。それはもう児童文学って言わなくていい、「児童読物」*だって言うんです。二重に三重に読めるというのはやはり大人の考えであって、理想としては、子どもがある時期に出会って本当に面白いと思う作品がいいと。でもそれは考え方ですけどね。実際面白い作品はまた読んでも面白いかもしれないですよ。

山元　子どもは面白い作品は何度も何度も読み返すものですよ。

（註　宮川健郎）

*「児童読物」
たとえば、山中恒『児童読物よ、よみがえれ』（晶文社、一九七八年）を参照のこと。山中恒は、一九三一年、北海道生まれ。児童文学作家。作品に『赤毛のポチ』（理論社、一九六〇年）、『ぼくがぼくであること』（実業之日本社、一九六九年）など。

鼎談出席者紹介

栗原　敦（くりはら・あつし）
一九四六年、群馬県生まれ。東京教育大学大学院修了。現在実践女子大学教授。日本近代文学専攻。著書に『宮沢賢治　透明な軌道の上から』（新宿書房）『詩が生まれるところ』（蒼丘書林）『新校本　宮澤賢治全集』（共編、筑摩書房）など。

杉　みき子（すぎ・みきこ）
一九三〇年、新潟県生まれ。長野女子専門学校卒。児童文学作家。著書に『小さな雪の町の物語』（童心社）『小さな町の風景』（偕成社）『長い長いかくれんぼ　杉みき子自選童話集』（新潟日報事業社）『杉みき子選集』（新潟日報事業社）など。

天沢退二郎（あまざわ・たいじろう）
一九三六年、東京生まれ。東京大学大学院修了。詩人。明治学院大学名誉教授。フランス文学専攻。著書に『天沢退二郎詩集』全三冊（思潮社現代詩文庫）『宮沢賢治の彼方へ』（筑摩書房）『新校本　宮澤賢治全集』（共編、筑摩書房）『光車よ、まわれ！』（筑摩書房）など。

石井直人（いしい・なおと）
一九五七年、神奈川県生まれ。早稲田大学大学院修了。現在白百合女子大学教授。文学社会学、児童文化・児童文学専攻。著書に『ズッコケ三人組の大研究　那須正幹研究読本』全三冊（宮川健郎と共編、ポプラ社）『現代児童文学の可能性』（編著、東京書籍）など。

遠山光嗣（とおやま・こうじ）
一九七一年、愛知県生まれ。龍谷大学卒。現在新美南吉記念館学芸員。論文に「新美南吉と歌見誠一」「安城高女時代における南吉と病について」「おじいさんのランプ」の舞台はなぜ大野なのか」（いずれも『新美南吉記念館研究紀要』に発表）など。

山元隆春（やまもと・たかはる）
一九六〇年、鹿児島県生まれ。広島大学大学院修了。現在広島大学大学院教授。国語科教育学専攻。著書に『文学教育基礎論の構築　読者反応を核としたリテラシー実践に向けて』（溪水社）『新・国語科教育学の基礎』（共著、溪水社）など。

名作童話の楽しみ

―もっと読みたい、もっと味わいたい人のためのブックガイド―

宮川健郎

未明童話の楽しみ

『定本全集』

『名作童話 小川未明30選』を読んで、小川未明の童話や小説をもっといろいろ読んでみたいと考えた人たちは、どうしたらよいだろう。やはり、全集を読むということになるだろうか。

小川未明については、『定本 小川未明童話全集』（一九七六〜七八年）全一六巻、『定本 小川未明小説全集』（一九七九年）全六巻の二種類の『定本全集』が出ている。版元はいずれも講談社、『小説全集』の最終巻は『評論・感想集』。『童話全集』によって、小川未明が発表した童話は、だいたい読めるはずだ。『小説全集』には、未明の四〇〇編以上あるという小説のうち、半数程度が収録されている。

『童話全集』には第一四巻に「童話作品一覧」が、『小説全集』には第六巻に「作品年表」が掲載されている。保永貞夫《やすながさだお》編「童話作品一覧」は、全三二ページにわたるが、前半の「初出誌・紙の判明している作品」一七ページと、後半の「初出誌・紙のわからない作品」一五ページに分かれている。小川未明の特に童話の場合、童話集に収録された作品が、最初、いつ、どういう雑誌や新聞に発表されたものか（これを初出誌・紙とか初出という）が不明のものが多い。『定本全集』刊行より前に、児童文学研究者の鳥越信《とりごえしん》もこう書いていた。

「先に私は、小川未明の「著作・文献目録」を作製、「日本児童文学」誌の昭和三六年一〇月号に発表した。それから約十年、昭和四六年一月に『日本児童文学史研究』を風濤社から上梓する機会に恵まれたさい、童話目録百五十篇弱を追加して、それを収録した。

それから更に五年が経過し、その間に約百篇の童話の初出が判明した。（中略）これで、ようやく四八五篇を得たことになるが、未明童話は俗に千篇といわれ、それが事実とすれば、十五年以上かかって、まだ半分にも至っていないことになる。」（鳥越『日本児童文学史研究Ⅱ』風濤社、一九七六年）

さらに、鳥越は、「この目録にもれているものは、一篇でもご教示願えるとありがたい。」として、二段組、一二ページにわたる、小川未明の「童話・少年詩目録」を掲載する。

タイトルや内容がわかっていても初出がわからないものが多いということは、雑誌や新聞に発表されたけれど、単行本には収録されず、そのまま忘れられている作品も多いのではないかと思わせる。小川未明が書いたものの全体というのは、まだ見えていないのである。現在は、未明のふるさと、新潟県上越市の上越教育大学教授の小埜裕二《おのゆうじ》さんがWeb上で「調べて未明」というサイトを運営している。そこには、「未明童話初出誌判明リスト（新資料を含む）」がかかげられ、作品の初出や、これまで忘れられていた作品に関する情報を収集・公開している。

アンソロジー

小川未明の童話集は、一九五一年に刊行され、今日もよく読まれている新潮文庫のほか、一般の文庫でも刊行されたことがある。潮出版社、旺文社、講談社、岩波書店の各社の文庫だ。講談社文庫版は三冊本だった。文庫版の童話集も、一種のアンソロジー（選集）だが、このほかにも、独自な趣のアンソロジーがある。二冊紹介しよう。

まずは、国書刊行会が出した『日本幻想文学集成』の一冊『小川未明』（一九九二年）。童話二一編、童謡（少年詩）三編、小説二編をおさめる。収録された童話のひとつ「初夏《はつなつ》の空で笑う女」が本の副題になっている。編者はドイツ文学者の池内紀《いけうちおさむ》で、巻末には「ことばは沈黙に、光は闇に」と題する解説を寄せている。解説では、未明の文学を雪国の　風土と重ねて読み、未明を「大正期ロマンチシズムに咲いた北国産の花」と呼ぶ。

もう一冊は、ちくま文庫版『文豪怪談傑作選』シリーズのうちの『小川未明集　幽霊船《ゆうれいぶね》』（二〇〇八年）で、童話五編、小説二四編、戯曲一編、随想三編が収録されている。副題の「幽霊船」は、おさめられた小説のひとつ。編者であるアンソロジスト・東雅夫《ひがしまさお》は、解説「憂愁と憧憬と」で、「本書は、小川未明の知られざる本領——土俗の怪異と、どこか無国籍風の幻想に満ちた、初期の怪奇幻想小説を、あたうるかぎり網羅することを主眼に置いて企画編集されたアンソロジーである。」

『定本 小川未明童話全集』全 16 巻
（装丁武井武雄、講談社、1976 ～ 78）

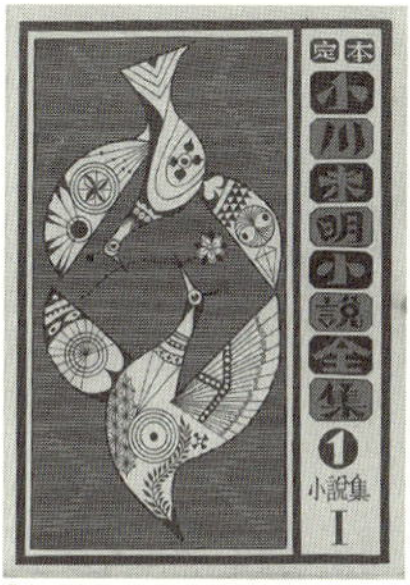

『定本 小川未明小説全集』全 6 巻
（装丁武井武雄、講談社、1979）

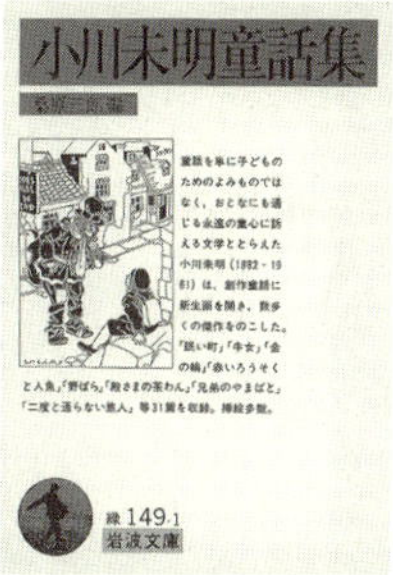

『小川未明童話集』
（桑原三郎編、岩波文庫、1996）

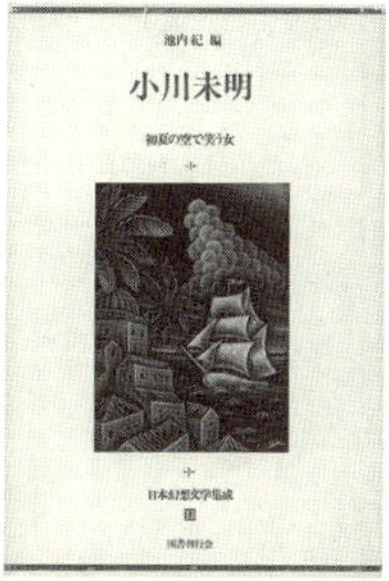

『小川未明』（国書刊行会、1992）
（『日本幻想文学集成』のうち）

『小川未明集　幽霊船』
（ちくま文庫、2008）

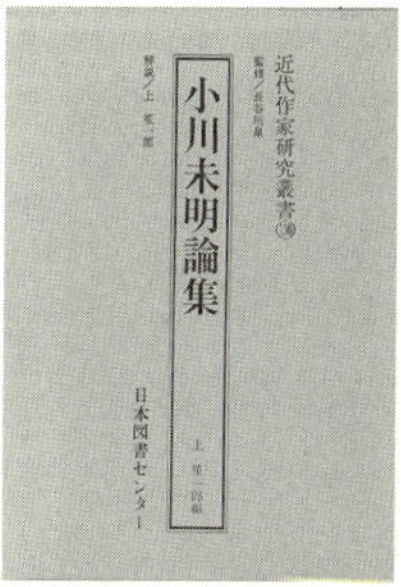

『小川未明論集』（日本図書センター、1993）
（『近代作家研究叢書』のうち）

とする。

私たちは、未明の作品を「童話」ということばで考えてきたが、それは、「幻想文学」とも「怪談」とも「怪奇幻想小説」とも呼ばれる。たしかに、未明童話は、それらでもあるのだ。ここにも、未明をとらえ直すヒントがあるだろう。

研究論集・資料集

本書の「はじめに」でも述べたように、一九五〇年代に未明童話は批判にさらされたが、そのころも、それ以前も、その後も、作家や作品によりそった具体的な研究は、かならずしも多くはない。日本図書センター刊『近代作家研究叢書』のうちの『小川未明論集』（一九九三年）は、未明が小説家としてデビューしたころから、没後の一九七〇年代までの論考をあつめて、未明論の流れを一望できる。全体は三部にわかれていて、第一部は「小説家」論編。未明の最初の小説集『愁人』（一九〇七年）の坪内逍遥による序文をはじめ、一〇編。第二部は「童話作家」論編。伊東憲「小川未明論――主として童話作家として」（一九二六年）にはじまり、こちらも一〇編。第三部は資料編で、雑誌「新潮」の特集「小川未明論」（一九一四年、徳田秋声など六人が執筆）、雑誌「童話研究」の特集「小川未明氏を語る」（一九三一年、巌谷小波など二二人が執筆）をおさめる。編集・解説は、『未明童話の本質』（勁草書房、一九六六年）の著書もある児童文化・児童文学研究者の上笙一郎《かみしょういちろう》だ。

先の講談社版『定本 小川未明童話全集』は、二〇〇二年に大空社から復刻版が刊行された。そのときに新たに編まれた別巻が『未明童話の世界』である。編集は、小川秀晴・上笙一郎・砂田弘で、巻末の「収録文解説」は、上が執筆している。こちらは四部構成で、第一部は対談・座談会。未明との対談・座談会や未明の文学をめぐって行われた座談会、計五つを収録している。第二部は研究論考。先の『小川未明論集』にはおさめられていない、一九七〇年代以降に書かれた六編が掲載されている。第三部のエッセイ・オマージュには、未明の思い出一〇編の再録と、新稿が一八編。そして、第四部・月報は、復刻された全集一六巻にはさみこまれていた月報である。

日本図書センター刊『作家の自伝』シリーズの一冊『小川未明』（二〇〇〇年）もおもしろい。やはり、上笙一郎の編集で、「自伝」と題する短い文章（一九一二年）など、未明の自伝的な随想五編と小説二編をおさめる。写真で構成された『新潮日本文学アルバム』の『小川未明』（新潮社、一九九六年）は、砂田弘の編集である。

酒井駒子と釣巻和

未明童話の絵本化の仕事も、いろいろな画家によって行われてきた。そのなかで抜きん出てすぐれているのが、酒井駒子による『赤い蠟燭と人魚』（偕成社、二〇〇二年）だ。絵本『よるくま』（偕成社、一九九九年）などで知られる画家が、黒と赤を基調とする絵本のなかで、独自の人魚像を描き出している。北の海の冷たさも、さびしさも確かに伝わってくる。

釣巻和《つりまきのどか》『童話迷宮』上・下（新潮社、二〇〇九年）は、未明童話をモチーフとするマンガ。未明童話が現代の少年少女の世界に、いわば、のりうつってくる。上巻の第一話「入口　或いは　出口」では、男の子が「童話迷宮」というコーヒー店に迷いこむ。ウェイターは、男の子に「珈琲は、ゆめとうつつどちらになさいますか」と聞く。その店で、男の子が手にとった本が『小川未明童話集』だった。「人魚は南の海にばかり棲んでいるのではありません。……」男の子は読みはじめる。

『未明童話の世界』(『定本小川未明童話全集』別巻
大空社、2002)

『小川未明』(日本図書センター、2000)
(『作家の自伝』シリーズのうち)

『新潮日本文学アルバム　小川未明』
(新潮社、1996)

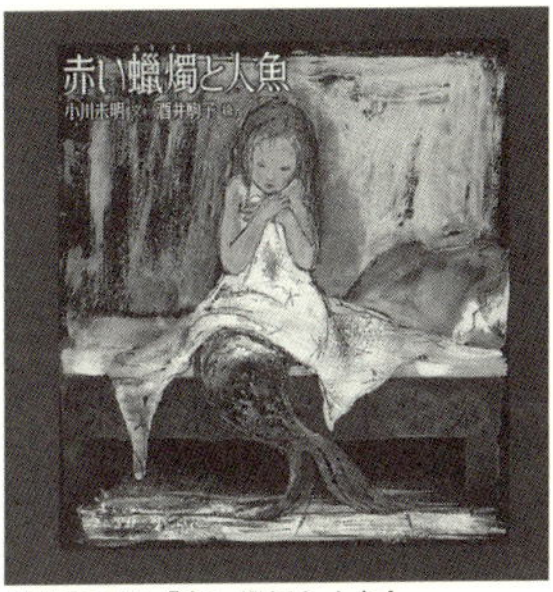

酒井駒子絵『赤い蠟燭と人魚』
(偕成社、2002)

釣巻和『童話迷宮』上・下
(新潮社、2009)

賢治童話の楽しみ

すさまじい推敲

本書の「鼎談・『名作童話 宮沢賢治20選』を読む」に登場してくださった天沢退二郎さんは、一九七四年に発表されたエッセイ「二重の風景」をこう書き出した。

「宮澤賢治が遺した、推敲の錯綜する詩稿を丹念に読んでいると、まさにその詩稿の一枚一枚の面が、多様な層と細部の有機的な関係から成る〝構造〟をもった一幅の風景であると思えてくる。それも静止し凍結した風景画ではなく、あらゆる部分と全体においてなお生動して止まない、生きた心象風景である。たとえばあの「五輪峠」下書稿（二）あたりがもっとも典型的といえようが、よく見ると、詩人が特に注文してつくらせたという縦長の厚紙に赤い罫線を印刷してあるその罫線の間を利用して、鉛筆で、まずきれいに作品番号、題名、日付をしるしたあと、先駆稿ないしメモから細心に清書したとおぼしき詩句が、細身の鉛筆文字できれいにしたためられていて、雪にとざされた五輪峠をあゆむ詩人の心象風景がそれらの詩句からあざやかに浮き出てくるのと同時に、それらきれいに浄書された字句のたたずまい自体が、あたかも一幅の風景として紙のおもてにうかびあがる。この両者は、じつは切離しがたい二重の風景である。

しかしながらじつは、右のような二重の風景が《あざやかにうかびあがる》のを目のあたりにするには、われわれの側に強力な精神集中と、幻視力のようなものが要求される。なぜなら、いうまでもなく、それらの浄書された字句の上下左右、いや、字句自体にうち重なって、すさまじい推敲が加えられているから、最初の浄書詩句のみをひろって読むこと自体たやすいことではないからだ。さてしかも、それらの〝すさまじい推敲〟自体を順々に読みほぐしてみると、それがまたそれぞれに、固有の構成原理をそなえた風景をかたちづくっている。」（天沢『《宮澤賢治》論』筑摩書房、一九七六年所収）

長い引用になったが、天沢さんの筆が、宮沢賢治の原稿のたたずまいを生き生きと伝えてくれる。天沢さんらが、筑摩書房版の『校本 宮澤賢治全集』全一四巻・一五冊（一九七三〜七七年）を編纂している最中に書かれたエッセイだ。賢治の全集は、亡くなった直後から、いくつも編まれてきたけれど、『校本 宮澤賢治全集』は、多くの作品が「すさまじい推敲」の原稿のままで残されていた、その原稿に立ちもどって作品本文を作成し直した全集だった。「すさまじい推敲」も順序立てて読み解かれ、どのような手入れがどのような順序でほどこされていったのかということが、全集の本文とは別の「校異篇」を見るとわかるようになっている。

右のエッセイに描き出されたのは、詩の原稿のことだけれど、童話の原稿では、字句の推敲だけでなく、作品の構成にかかわる変更が作者自身によって行われている。たとえば、『宮沢賢治20選』にも収録した「風の又三郎」の場合、まず、「風野又三郎」という初期形が成立する。「風野又三郎」

は、二百十日でやってきた風の神と村の子どもたちの交流の物語で、いわば、ファンタジーとしての性格をもつ。（いまは、一般の人たちも口にする「ファンタジー」ということば（概念）は、太平洋戦争後の一九五〇年代に移入されたと考えられるから、これは、あくまで、現在のことばでいえば、ということである。）この「風野又三郎」が「九月一日」からはじまる日録風の構成を保ちながら「風の又三郎」に変貌していく。「種山が原」「さいかち淵」「みじかい木ぺん」といった「村童スケッチ」と呼ばれるリアリスティクな小品が「風野又三郎」のあちこちに埋め込まれ、生かされることによって、作品の様相を変えていく。その結果生まれ、しかし、最終的な完成にはいたらなかった「風の又三郎」は、空想物語であると同時に日常物語である。「風の又三郎」は、ひとつの物語なのに、ふたつの物語でもあるのだ。『校本 宮澤賢治全集』の「校異篇」からは、このように作品が生成発展していくようすも知ることができる。

賢治の作品が生まれ、度重なる推敲によって、さらに生まれ直していくダイナミズムをかかえこんだ『校本 宮澤賢治全集』は、それ自体が『新校本 宮澤賢治全集』全一六巻・一八冊・別巻（一九九五〜二〇〇九年）へと再生していく。新校本には、数多くの修正や改善がほどこされることになる。

辞典と事典

「賢治作品にはじめて接するような読者が、難解と思うにちがいないと思われる語句や方言等のいいまわしを、あるいは賢治の原文にふりがなのない難解語等も含めて（中略）、読者を、たとえば高校生くらいに想定して選ぶ。」――これは、原子朗《はらしろう》著『新宮澤賢治語彙辞典』（東京書籍、一九九九年）の序の一節。項目を立てる方針に関して述べたところだ。この辞典は、本文が九三〇ページ、索引が一三九ページの大冊。一九八九年に、原子朗編として刊行された旧版を全面的に改訂・増補したものである。たとえば、「イーハトヴ」を引いてみると……。

「イーハトヴ【地】　重要な賢治の造語地名。イーハトヴ童話『注文の多い料理店』の「広告ちらし」に「イーハトヴは一つの地名である」「ドリームランドとしての日本岩手県である」と賢治は明記している。岩手県を指すことは間違いない。が、賢治らしいしゃれた片仮名命名の由来には諸説がある。……」

全部で二四行ある説明の後半には、賢治は、「イーハトヴ」をふくめて、表記を七種変えていると書かれている。①「イーハトヴ」（『注文の多い料理店』ほか）②「イーハトブ」（「ポランの広場」）③「イーハトーブ」（「グスコーブドリの伝記」ほか）④「イーハトーヴ」（詩「遠足統率」ほか）⑤「イーハトーボ」（「イーハトーボ農学校の春」ほか）、⑥「イーハトーヴォ」（「ポラーノの広場」）

⑦「イエハトブ」（『注文の多い料理店』広告はがき）というふうにだ。

『語彙辞典』は、もちろん、賢治作品を読み、読み深めるときの重要な手がかりをあたえてくれるけれど、辞典そのものが読み物としておもしろい。宮沢賢治の世界が『語彙辞典』のかたちに再構成されている、そのおもしろさだろうか。

渡部芳紀編『宮沢賢治大事典』（勉誠出版、二〇〇七年）の「はじめに」には、「今、宮沢賢治研究は大変な盛況を迎えている。そうした中にあって、一つの途中経過を整理しておくのもいいかとここに事典形式の整理を試みた。」とある。これも、本文五九九ページ、索引一八ページという大きな本だが、全体は二部に分かれている。童話や詩のタイトルごとに立項されている「作品篇」と、賢治にかかわる人名や地名などの「一般項目篇」である。賢治研究のさまざまな主題が項目になっている事典といえるだろう。各項目解説のおしまいには、参考文献もかかげられている。

天沢・賢治論の喚起力

『宮沢賢治大事典』によれば、宮沢賢治研究は「大変な盛況」とのことだが、毎年、賢治について、どこで何がかかれているかが一覧できる目録がある。宮沢賢治学会イーハトーブセンターの機関誌『宮沢賢治研究 Annual』のたいていは百ページくらいをついやして、「宮沢賢治ビブリオグラフィー」が掲載される。Annual は年鑑の意味、ビブリオグラフィーは参考文献目録のこと。著者名の五十音順に研究・評論やエッセイが整理されている。必要なものについては、内容の紹介もされているのだ。

賢治研究は盛況で、毎年、ビブリオグラフィーにたくさんの文献がのるけれども、私自身が長く読みつづけ、示唆をうけつづけているのは、やはり、天沢退二郎さんの宮沢賢治論だ。先にも、エッセイの書き出しを引用したから、その喚起力を味わってくださったと思う。

私がはじめて出会ったのは、天沢さんの最初の賢治論『宮沢賢治の彼方へ』（思潮社、一九六八年）だ。私は、やがて、賢治童話をテーマに卒業論文を書くことになる大学生だった。そして、序論に「ぼくはぼくの詩的問題のいくつかをして、宮沢賢治の作品を通過させてみようと思う。いや、そうでなく、賢治の作品を通過することによってはじめて形をとる詩的問題を提示してみたいと思う。そしてそのことによって宮沢賢治の彼方へ近づこうと願うのだ。」と記された、この書物に「読む」ことが、いかに豊かでスリリングな冒険であるかを打ちのめされるように思い知らされたのだった。

小林敏也と、ますむら・ひろし

宮沢賢治の童話は、絵本化も数多くなされている。

『宮沢賢治20選』にものっている「セロ弾きのゴーシュ」の絵本も多い。古くは、茂田井武の作品があり（福音館書店、一九五六年）、赤羽末吉（偕成社、一九八九年）、司修（冨山房、一九八六年）も、小林敏也（パロル舎、一九八六年）も、佐藤国男（福音館書店、一九九二年）や、いもとようこ（金の星社、二〇〇五年）も、「ゴーシュ」を描いている。絵本でも、クライマックスになるのは、観客のアンコールにこたえて、ゴーシュが「印度の虎狩」を引く場面だ。絵に対応する本文は、絵本によってちがうが、つぎのあたりである。

「「さあ、出て行きたまえ。」楽長が云いました。みんなもセロをむりにゴーシュに持たせて扉をあけるといきなり舞台へゴーシュを押し出してしまいました。（中略）

「どこまでひとをばかにするんだ。よし見ていろ。印度の虎狩を弾いてやるから。」ゴーシュはすっかり落ちついて舞台のまん中へ出ました。

それからあの猫の来たときのようにまるで怒った象のような勢いで虎狩りを弾きました。ところが聴衆はしいんとなって一生懸命聞いています。……」

赤羽末吉や司修、佐藤国男、いもとようこは、舞台にあがったゴーシュをほぼ正面から描いている。視点の処理がおもしろいのは、小林敏也だ。小林は、すっかり作中のゴーシュそのものになって、舞台の上から、セロと観客を見下ろして描いている。小林は、三人称の作品をまるでゴーシュが一人称で語っているかのように、ぐいっとねじまげてしまう力わざを見せている。『セロ弾きのゴーシュ』をふくむ『画本 宮澤賢治』のシリーズは、小林敏也の力に満ちている。

ますむら・ひろしもまた、力わざの人なのだろう。タヌキみたいな猫、ヒデヨシが活躍する『ア

原子朗著『新宮澤賢治語彙辞典』
（東京書籍、1999）

渡部芳紀編『宮沢賢治大事典』
（勉誠出版、2007）

『宮沢賢治研究 Annual』
（宮沢賢治学会イーハトーブセンター）

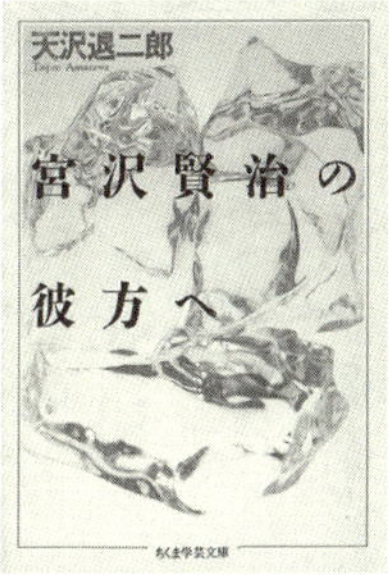

天沢退二郎『宮沢賢治の彼方へ』
（ちくま学芸文庫、1993）

小林敏也画『セロ弾きのゴーシュ』
（パロル舎、1986）

ますむら・ひろし『グスコーブドリの伝記』
（朝日ソノラマ、1983）

タゴオル物語』で知られる、ますむらは、「風の又三郎」「グスコーブドリの伝記」「銀河鉄道の夜」などの賢治童話をマンガ化していった。『風の又三郎』（朝日ソノラマ、一九八三年）の「あとがき」でますむら自身がことわっているとおり、登場人物をすべて猫にしているほかは、ふき出しのせりふにも、風景描写にも、賢治の原文が可能なかぎり生かされている。

　絵本の絵や、さし絵にくらべて、マンガの絵は、作品の細部まで描かなければならない。「グスコーブドリの伝記」の第四章で、ブドリがクーボー大博士の学校で見た「歴史の歴史ということの模型」はどんな絵になっているのか。原作では、こんなふうに書かれている。

「ブドリはそれを一目見ると、ああこれは先生の本に書いてあった歴史の歴史ということの模型だなと思いました。先生は笑いながら、一つのとってを廻しました。模型はがちっと鳴って奇体な船のような形になりました。またがちっととってを廻すと、模型はこんどは大きなむかでのような形に変りました。」

　ますむら版『グスコーブドリの伝記』（朝日ソノラマ、一九八三年）では、それは、はばのせまいジャングル・ジムのようなものとして描かれている。賢治テクストをマンガへと変換していく仕事について、ますむらが『イーハトーブ乱入記――僕の宮澤賢治体験』（ちくま新書、一九九八年）という本を著していて、これも、おもしろい。

南吉童話の楽しみ

『校定全集』

『校本』あるいは『新校本』の宮沢賢治全集に対して、新美南吉にも『校定 新美南吉全集』全一二巻、別巻二（大日本図書、一九八〇～八一年。別巻は八三年）という充実した全集がある。私は、この全集が刊行された当時、書評を書いたことがある（「豊かに読みたい」、『季刊児童文学批評』創刊号、一九八一年）。その書き出しは、こうだ。

「『校定新美南吉全集』全一二巻が完結した。これには、未発表作品や日記、書簡、メモ類をふくむ、新美南吉の全著作がおさめられている。原稿用紙の使用状況の調査をふまえて、作品の制作日が推定されている。原稿の推敲の過程がわかる。原稿、初出雑誌、初出単行本、牧書店版全集を照合した、その異同もしるされている。これまで〈子狐〉で流布していた「ごん狐」の語句が、〈小狐〉であったことなど、作品の読みにかかわるいろいろな発見が、随所にもりこまれている。」

私は、「全集一二巻をささえているのは、」として、つぎのようにも書いた。

「全集一二巻をささえているのは、「真の南吉」の像を明らかにしたいという情熱だろう。「うた時計」や「ごんごろ鐘」など戦時下に書かれた作品が、戦後、刊行される際に、作者の文学上の先輩、巽聖歌《たつみせいか》の改変をうけていることは、よく知られている。改変されたものを原形にかえし、南吉のもともとの意図を生かすかたちでテキストを決定するのが、この全集の第一の目的だった。この仕事は、「真の南吉」というものを想定することによって成り立ったはずだが、それが、三〇歳で死んだひとりの文学青年の個性を肥大させる結果をもまねいた。ここに、南吉はそんなに大きな作家か、という疑問の出てくる余地ができたともいえる。」

南吉を「三〇歳で死んだ」としたのは、大ざっぱな言い方で、実際は、満三〇歳にならずに死んでいる（亡くなったのは三月、誕生日は七月）。そういう南吉が「そんなに大きな作家か、という疑問」をはっきり口にしたのは、近代文学研究者の紅野敏郎《こうのとしろう》だった。当の『校定全集』の月報に掲載された、紅野のエッセイ「新美南吉の小説」には、こう書かれていた。

「文学史の脈略でいえば、この新美南吉の存在に、決して大きな位置を与えることは出来ない。（中略）新美南吉のような児童文学者は、三巻本の全集の梶井基次郎、あるいは牧野信一、こういうかたちの全集にしたてあげるべきであって、十数巻もの重さをもった児童文学者——そのなかに「童話・小説」の巻も多く見うけられる——というふうには私には思えない。」

『校定 新美南吉全集』は、紅野敏郎が違和感をおぼえるほどのボリュームだった。これも、私のことばでいえば、「「真の南吉」の像を明らかにしたいという情熱」ということになるのだが……。

保坂重政『新美南吉を編む』（アリス館、二〇〇〇年）という本がある。保坂は、巽聖歌が滑川《なめかわ》道夫《みちお》とともに編集した牧書店版の『新美南吉全集』全八巻（一九六五年）と、巽聖歌没後に編まれた、大日本図書版『校定全集』のいずれの編集にもかかわった編集者である。保坂は、二つの全集に関する事実を整理するとともに、南吉童話をめぐる人びとの思いを、ていねいにたどっていく。巽聖歌については、最晩年の南吉からの手紙にあった「文章のいけないところも沢山あると思います。できるだけなおして下さい。」という「付託を、真正面から受け止めました。南吉が何を望んでいるのか、それに添うてやりたいという聖歌の、懸命な努力が始まります。」とし、つぎのようにも書く。

「私は後年、『校定全集』の編集を通して改作を正す作業に加わりましたが、聖歌が「恣意にわたしたちは、手を入れたということではない」と書いていたとおり、戦時用語等の置き替えを除いては、大きな改作は、言われているほど多くはなかったのではないか、という印象を持っています。」

創作と現実

さて、もう一度、私の『校定全集』書評にもどる。書評のおしまいちかくで、私は、「気になることが、もうひとつある。」として、『校定全集』の語註のことをとりあげている。『校定全集』では、作中の人名について註がある。たとえば、つぎは、「ごん狐」の兵十に関する語註。

「兵十　当時、岩滑新田（現・半田市平和町一丁目七四番地）に、江端兵重《えばたひょうじゅう》が住む。「田鍬きの名人」と呼ばれた和牛使いの名手。魚とり、はりきり網漁（後出）、狩漁にも長じ、大雨のときは

必ずはりきり網漁をしたと伝えられる。一九四〇年（昭和一五年）没。」（カッコ内原文）

私は、この兵十の註を引き合いにして、こう書いている。

「作中の人名が、右のようなかっこうで解説されている。このことは、すでに、『毎日新聞』夕刊のコラム「変化球」が〈私小説的発想〉と評しているが、こうした語註が、南吉研究に、南吉の伝記的事実との関連のみで作品を論じる傾向をもたらすとすれば、危険だ。作品は、あくまで自由に読まれ、論じられなければならない。『校定新美南吉全集』を、豊かに読んでいきたい。」

三〇年前の私は、『校定全集』の語註に即して、作品と伝記的事実を短絡させて読むことの危険性を指摘しているけれど、『名作童話 新美南吉30選』巻末の「新美南吉童話紀行」で、私自身が、作品と現実を混同する錯誤をおかしているのではないか。これは、この『名作童話を読む』の刊行準備のために、『名作童話』三冊を読み直しているなかで、ようやく気がついたことだ。問題を感じる箇所を書き抜いてみる。「ぐるりひとまわり」という見出しのある部分の一節だ。ここは、もし、重版することになったら、修正してしまうかもしれないから、書き写しておこう。

「（南吉の――宮川註）生家の向かい側には、作品「花を埋める」に登場する常夜燈がある。そこから右に入っていけば、八幡社だ。八幡社の左奥の道を行くと、道なりに、「はなれの家」（南吉はここで亡くなった）の跡、常福院、光蓮寺とつづく。八幡社は、童話「狐」や「久助君の話」に出てくる。「久助君の話」には、常福院も登場する。光蓮寺は、「ごんごろ鐘」や「百姓の足、坊さんの足」の寺のモデルとされる浄土真宗大谷派の寺院だ。南吉の生家から、この光蓮寺までの道のりは、せいぜい六、七〇〇メートルだろう。ぐるりひとまわりした、この小さな場所に南吉童話の世界がある。」

南吉の作品に立ち返って確認する。「狐」では、文六ちゃんたちが「本郷」へお祭りを見に行く。『校定全集』語註によれば、土地の人たちは、南吉の生家のある岩滑のことを「本郷」というそうだから、お祭りは、岩滑の八幡社のことと考えることができる。（ついでにいえば、「本郷」に入って間もなく道ばたにある下駄屋は、義母が下駄屋をいとなんでいた南吉自身の家のイメージか。）「久助君の話」には、「宝蔵倉」が出てきて、八幡社の前にはかつて宝蔵倉があったのだから（戦後、伊勢湾台風で倒壊）、これも八幡社が出てくるといえる。問題は、「「久助君の話」には、常福院も登場する。」としたことだ。作品に出てくるのは、「常福院」ではなくて、「北のお寺」だ。久助君は、遊び相手をさがして、「宝蔵倉」の前へ行き、つぎに「北のお寺」へ行く。『校定全集』の語註では、「北のお寺」について、こう記されている。

「北のお寺　八幡神社の西約四、五〇メートルの所に地つづきで常福院（中略）がある。土地の人は「北のお寺」とは呼ばない。」

「久助君の話」の「北のお寺」は、「常福院」を連想させるかもしれないが、あくまで「北のお寺」という、作品に固有の場所なのだ。こう考えると、現実とは別の、創作された作品としての「久助君の話」が見えてくる。同じように、「常夜燈」だって「宝蔵倉」だって、「おじいさんのランプ」の「半田池」だって、現実とはちがう、作中の固有のもの、固有の場所にほかならない。南吉童話の世界は、岩滑という南吉の生まれ育った土地と二重写しになってくるけれども、創作と現実とは別のものだという、当たり前のことにあらためて思いいたる。しかし、創作された作品を現実のことのように考え、現実の場所を作品世界のようなつもりになって歩くという混同は、実は、私たちの甘美な楽しみなのだ。南吉童話には、現実の半田や知多半島の地名がしばしば書き込まれ、私たちを、その楽しみへと誘う。

佐藤通雅と浜野卓也

新美南吉に関する研究も、宮沢賢治研究ほどの量はないけれど、さまざまなものがある。そのなかで、相変わらず独自な印象をあたえるのは、佐藤通雅《さとうみちまさ》『新美南吉童話論』(牧書店、一九七〇年)と、浜野卓也『新美南吉の世界』(新評論、一九七三年)の二冊だ。どちらも、『校定全集』刊行前の著作だけれども……。

佐藤は、幼年童話「でんでんむしの かなしみ」との出会いから語りはじめる。本の副題は、「自己放棄者の到達」である。

浜野は、あとがきで、南吉を語るときに混入してくる多くの虚像を修正したいというモチーフを

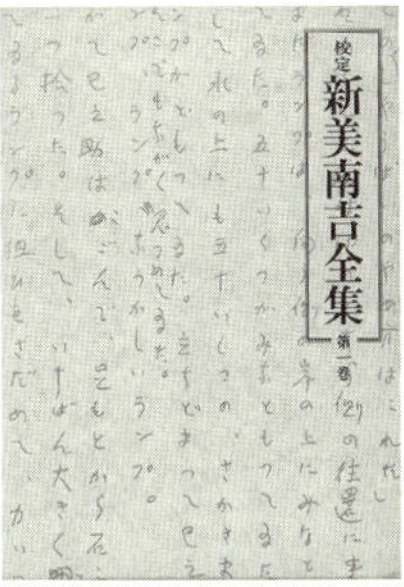

『校定新美南吉全集』全12巻、別巻二
（大日本図書、1980～83）

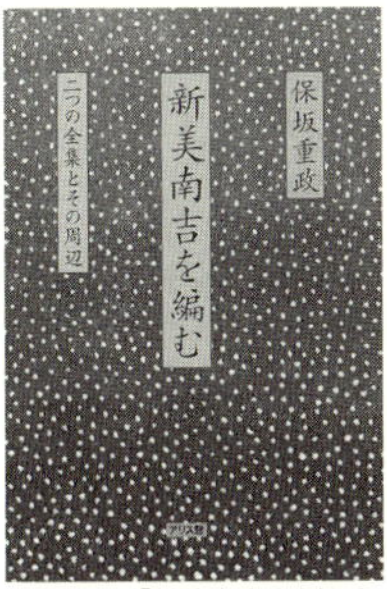

保坂重政『新美南吉を編む』
（アリス館、2000）

佐藤通雅『新美南吉童話論』改訂版
（アリス館、1980）

浜野卓也『新美南吉の世界』
（新評論、1973）

神宮輝夫『童話への招待』
（日本放送出版協会、1970）

宮川健郎『現代児童文学の語るもの』
（ＮＨＫブックス、1996）

述べている。児童文学作家でもあった浜野卓也は、作家と作品の世界を、あるまとまったものとして手渡してくれる。

佐藤通雅の本は、一九八〇年にアリス館から改訂版が刊行され、浜野卓也の本は、改訂・増補をしながら、講談社文庫版（一九八一年）、明治図書版（『新美南吉童話のなぞ』と改題、一九九八年）として刊行された。

童話の楽しみ

本書の「はじめに」に、「童話」とは何かということ、そして、いま、「童話」をどのような視点で読み直すことができるかということを書いた。「童話」について、さらに考える手がかりとして、神宮輝夫『童話への招待』（日本放送出版協会、一九七〇年）と、私の著書『現代児童文学の語るもの』（ＮＨＫブックス、一九九六年）をあげておこう。『童話への招待』は、「童話」という概念や「童話」の歴史を、外国児童文学と日本の両方を視野におさめて書いた貴重な本だ。『現代児童文学の語るもの』は、一九五〇年代の「童話伝統批判」と現代児童文学の成立、そして、その後の展開について論じたものである。

おわりに

いくつもの旅、いくつもの対話

宮川健郎

一年めは、写真家の坂口綱男さんとの旅だった。『名作童話』三冊の巻末に、そのようすを書いた「童話紀行」である。

二〇〇八年の八月から九月にかけて、新潟県・高田、岩手県・花巻、愛知県・半田をカメラをかかえた坂口さんと歩いた。小川未明、宮沢賢治、新美南吉のふるさとである。レンタカーやタクシー、電車もつかいながら、生家、学んだ学校、文学碑、文学館・記念館……、作家にゆかりの場所をめぐっていく。高田には一泊、花巻、半田には二泊したから、のべ八日間の旅になった。それとは別に、十月のはじめにもう一日、今度は東京で、三人の作家とかかわりのあるスポットを歩いた。

高田、花巻を歩いて、半田に行ったころには、私は、写真家がどこでカメラをかまえるか、わかるようになってきた。このあたりで撮るのではないかなと考えていると、坂口さんが「あ、ここ、フォトジェニックだな……」とつぶやいて立ち止まる。だんだんに、私にも、写真家の視点が身についていったようだ。

写真家の視点といえば……、『名作童話 宮沢賢治20選』・「宮沢賢治童話紀行」のはじめのページに掲載した写真を見てほしい。花巻農業高校の構内に建つ宮沢賢治の立像を、後ろから撮影した一枚だ。立像の制作は橋本堅太郎、二〇〇六年の作品である。銅像はほぼ等身大、彫刻家は、帽子をかぶり、後ろに手をくんだ「田園にたたずむ賢治」の写真を参考にして制作したという。「田園にたたずむ賢治」は、宮沢賢治に関連した書物でも、花巻の街でもよく見かけるものだが、賢治から見て右ななめ前から撮影されているから、賢治の顔は見えても、賢治の背中は見えない。写真をもとに銅像がつくられたとき、はじめて賢治の背中があらわれた。坂口さんは、その賢治立像を後ろから撮っているのだ。

旅をしながら、座談の楽しい坂口さんから、いろいろな話をうかがった。ご自身の写真については、いつも出会いがしらに撮るとおっしゃっていた。賢治立像も出会いがしらに撮られたもので、そのときの坂口さんのなかには「田園にたたずむ賢治」のイメージはなかったと思うけれども、坂口さんは、その有名な写真とは見事に異なる視点から撮影している。私の手もとには、坂口さんのもう一枚、賢治立像の別のショットがあるのだが、これも、賢治像から見て左ななめ後ろから撮られているのだ。

坂口さんの写真にあらわれた賢治の背中は、私にとって、大きなヒントになった。長く読みつがれてきた名作を今日の立場から読み直すというのは、いわば、「田園にたたずむ賢治」では見ることのできなかった賢治の背中を見ようとすることなのではないか……。「賢治の背中」、「未明の背中」、「南吉の背中」を見たいものだ。

この『名作童話を読む　未明・賢治・南吉』の巻頭に、「童話のふるさと写真紀行」と題して、一六ページにわたって坂口綱男さんの写真を掲載することができた。賢治立像も、もう一度登場する。

二年めは、『名作童話』三冊を読む鼎談のための旅、これも夏の旅だった。

二〇〇九年の七月から八月にかけて、半田、高田、東京で、南吉、未明、賢治を読む鼎談をした。その内容は、本書に掲載したとおりだけれど、いっしょにそれぞれの場所をおとずれ、鼎談に参加してくださった方たちとの対話のなかで、いろいろな作品のこれまで見えなかった面が明らかになっていった。私は、作品の「背中」をつぎつぎと見ることになったのである。

鼎談の記録を文字にした原稿の整理や、必要な箇所に註を付けていく作業は、編集部の協力をえながら、私がすすめていった。註を付けるのは、たいへんだけれど、勉強になる仕事だった。鼎談での発言が、どういう考えや知識をふまえてのものなのか、それをさぐり、調べ、短い説明を書いていく。これは、鼎談に参加してくださった六人と対話をつづけていくことにほかならなかった。きょうもまだ、校正刷りを見ているから、その対話は終わっていない。

三つの鼎談が読者のなかにも対話を引き起こし、それが名作童話との新たな対話につながれば、こんなにうれしいことはない。

『名作童話』三冊と、この『名作童話を読む』の刊行までには、春陽堂書店編集部の永安浩美さんと岡﨑智恵子さんに、ひとかたならぬお世話になった。この仕事が、おふたりとの旅であり、おふたりとの対話であったことも書いておこう。ありがとうございました。

（二〇一〇年四月六日　新学期の研究室で）

【年譜】

年代	未明の身辺	賢治の身辺	南吉の身辺	社会や文化の動き
一八八二(明15)年	○歳。四月七日、新潟県中頸城郡高城村（現在の上越市幸町）に、父澄晴、母チヨの第二子として生まれる。第一子は生後間もなく死亡したため、戸籍上は長男で一人息子。本名・小川健作。小川家では代々子が育たないというので、生まれるとすぐに隣の蠟燭掛の家に預けられる。			八月、外山正一他『新体詩抄』。一〇月、東京専門学校開校。
一八八八(明21)年	六歳。四月、岡島小学校（現在の大手町小学校）に入学。漢学塾と剣道場に通う。			一一月、「少年園」創刊。
一八九二(明25)年	一〇歳。高田尋常小学校に転入学。上杉謙信を崇拝する父は、謙信をまつる春日山神社創設の資金集めに奔走する。			三月、伊沢修二編『小学唱歌1』。
一八九四(明27)年	一二歳。二月、神社創設が許可される。健作も、神社が建設される春日山古城跡をしばしば訪れる。			七月、大江小波『日本昔噺』全二四冊刊行開始。八月、日清戦争始まる。

年代	未明の身辺	賢治の身辺	南吉の身辺	社会や文化の動き
一八九五(明28)年	一三歳。四月、中頸城尋常中学校（現在の県立高田高校）に入学。			一月、「少年世界」創刊。樋口一葉「たけくらべ」。
一八九六(明29)年		〇歳。八月二七日、岩手県稗貫郡里川口町（現在の花巻市豊沢町）に、父政次郎、母イチの長男として生まれる。家は、質・古着商を営む。この年、三陸大津波、大洪水、陸羽大地震、秋には豪雨。		二月、若松賤子没。四月、民法公布。一〇月、大江小波『日本お伽噺』全二四冊刊行開始。一一月、樋口一葉没。
一八九七(明30)年	一五歳。父は春日山に移住。同級の相馬御風、九沢常哉（のちに理学博士）らと同人雑誌を発行。			「ほと、ぎす」創刊。三月、足尾銅山鉱毒事件。八月、島崎藤村『若菜集』。
一八九八(明31)年	一六歳。祖母、母とともに春日山に移る。冬季は高田の町に下宿し、通学する。	二歳。一一月、妹トシ生まれる。		一一月～徳富蘆花「不如帰」。
一八九九(明32)年	一七歳。高田中学の教師で佐久間象山の高弟、北沢乾堂に漢詩を学ぶ。「中学世界」に漢詩を投稿、「明治青年文壇冬の巻」に掲載。			一月、大江小波編『世界お伽噺』全一〇〇巻刊行開始。

一九〇〇(明33)年	一八歳。学校になじまず、文学や政治の雑誌を乱読。数学ができず、再度落第。		一月、「幼年世界」創刊。二月、泉鏡花「高野聖」。四月、「明星」創刊。
一九〇一(明34)年	一九歳。三月、高田中学を第四年級で退学。四月、上京。東京専門学校文科に入学。	五歳。六月、妹シゲ生まれる。豊作。	三月、国木田独歩『武蔵野』。八月、与謝野晶子『みだれ髪』。
一九〇二(明35)年	二〇歳。九月、東京専門学校が早稲田大学と改称し、一〇月、専門部英文哲学科から大学部英文科に転科。在学中は河井酔茗、吉江孤雁、相馬御風、片上天弦らと親交。巌谷小波のドイツ文学史の講義を聴く。	六歳。九月、赤痢にかかり隔離病舎に二週間入院。看病した父も感染して入院する。東北地方凶作。	一月、日英同盟協約調印。
一九〇三(明36)年	二一歳。六月、「合歓の花」を「スケッチ」に発表。坪内逍遥の家での読書研究会に参加し、ラフカディオ・ハーンの講義を聴く。この頃からロシア文学を愛読する。	七歳。四月、町立花巻川口尋常高等小学校に入学。小学校を通して成績は全甲。前年の凶作のため東北地方飢饉。	四月、小学校令改正、国定教科書制度が確立。七月、マロ／五来素川『家庭小説未だ見ぬ親』。一一月、幸徳秋水ら平民社を結成。
一九〇四(明37)年	二二歳。九月、「漂浪児」を「新小説」に発表。このとき、坪内逍遥から「未明」の雅号を与えられる。	八歳。四月、弟清六生まれる。	二月、日露戦争始まる。九月、与謝野晶子「君死にたまふこと勿れ」。

年代	未明の身辺	賢治の身辺	南吉の身辺	社会や文化の動き
一九〇五（明38）年	二三歳。三月、「霰に霙」を「新小説」に発表し、好評を得る。七月、早稲田大学卒業。卒業論文「ラフカディオ・ハーンを論ず」。	九歳。担任教師八木英三が教室で読み聞かせた『未だ見ぬ親』（原作エクトル・マロ『家なき子』、五来素川翻案）に強く引き込まれる。一二月、花城の新校舎に移る（花城尋常高等小学校と改称）。東北地方大凶作。		一月～夏目漱石「吾輩は猫である」。九月、日露戦争講和条約調印。一〇月、上田敏『海潮音』。
一九〇六（明39）年	二四歳。八月、山田キチと結婚。六月、早稲田文学社に入り、島村抱月のもとで「早稲田文学」の定期増刊「少年文庫」を編集。この頃、片山潜を知る。	一〇歳。八月、大沢温泉で開かれた仏教講習会で暁烏敏の法話を聞く。鉱物、昆虫の採集に熱中する。		一月、「日本少年」「幼年画報」創刊。三月、島崎藤村『破戒』。四月、夏目漱石「坊っちゃん」。九月、「少女世界」創刊。
一九〇七（明40）年	二五歳。六月、第一短編集『愁人』刊行（坪内逍遙序文、隆文館）。この頃、正宗白鳥の紹介で読売新聞社に入社。社会部の夜勤記者となる。六月、長女晴代誕生。一二月、第二短編集『緑髪』刊行（隆文館）。	一一歳。三月、妹クニ生まれる。四月、父政次郎、花巻町町議会議員に当選。鉱物採集にますます熱中し、「石コ賢さん」と呼ばれる。岩手県豊作。		九月、田山花袋「蒲団」。一〇月～二葉亭四迷「平凡」。

一九〇八(明41)年	二六歳。新ロマンチシズム文学の研究会「青鳥会」をつくる。一〇月、「秀才文壇」の記者になる。一二月、長男哲文誕生。		二月、「少女の友」創刊。八月、永井荷風『あめりか物語』。一〇月、「アララギ」創刊。
一九〇九(明42)年	二七歳。雑誌記者をやめ、文筆で立つ決意をする。	一三歳。三月、小学校卒業。四月、県立盛岡中学校（現在の盛岡第一高等学校）に入学、寄宿舎自彊寮に入る。岩石標本採集に熱中。	三月、北原白秋『邪宗門』。五月、佐々木邦『いたずら小僧日記』、二葉亭四迷客死。六月～夏目漱石「それから」。
一九一〇(明43)年	二八歳。一二月、最初の童話集『赤い船』刊行（京文堂書店）。生活困窮し、二児は栄養不良となる。	一四歳。六月、博物教師の引率で岩手山に登る。以後、繰り返し登る。寄宿舎で同室の親友藤原健次郎病死。	四月、「白樺」創刊。五月、大逆事件。八月、日韓併合。
一九一一(明44)年	二九歳。四月、「少年主人公の文学」を「文章世界」に発表。	一五歳。短歌の制作開始。エマソンの哲学書を読む。四月、妹トシ、花巻高等女学校に入る。八月、島地大等の講話を聞く。	三月、雪花山人『大石内蔵助東下り』（立川文庫）。九月、中西屋書店『日本一ノ画噺』全三五冊刊行開始。平塚らいてう「元始女性は太陽であった」。

年代	未明の身辺	賢治の身辺	南吉の身辺	社会や文化の動き
一九一二（明45・昭1）年	三〇歳。一月、相馬御風が「早稲田文学」に「小川未明論」を発表。四月、唯一の長編「魯鈍な猫」を「読売新聞」に連載開始。五月、「北方文学」を創刊、主幹となる。一一月、最初の感想小品集『北国の鴉より』刊行（岡村盛花堂）。	一六歳。五月、松島・仙台へ修学旅行。初めて海を見る。		一月、「少女画報」創刊。四月、石川啄木没。七月、明治天皇没。大正と改元。一〇月、「近代思想」創刊。
一九一三（大2）年	三一歳。大杉栄と知り合う。五月、次女鈴江誕生。	一七歳。三学期、新舎監排斥運動が起こり、四、五年生全員退寮。賢治も盛岡市北山の清養院に下宿。五月、北海道に修学旅行の後、徳玄寺に下宿をかわる。ツルゲーネフなどのロシア文学を読む。	〇歳。七月三〇日、愛知県知多郡半田町（現在の半田市）に、父渡辺多蔵、母りゑの次男として生まれる。本名正八。前年、生後一八日で死亡した長男の名前をそのまま継ぐ。生家は畳屋で、のちには下駄や雑貨も商う。農業もしていた。	一月、志賀直哉「清兵衛と瓢箪」。二月、『愛子叢書』全五巻刊行開始。一一月、竹久夢二『どんたく』。

一九一四（大3）年	三二歳。一月、唯一の詩集『あの山越えて』刊行（尚栄堂）。五月、「眠い町」を「日本少年」に発表。一二月、長男哲文、疫痢のため死去（六歳）。この頃、鈴木三重吉を訪れる。	一八歳。三月、中学校卒業。四月、肥厚性鼻炎手術のため岩手病院へ入院。看病中、父も倒れる。同い年の看護婦に恋をする。九月、進学希望が父にいれられ、受験勉強にはげむ。島地大等編『漢和対照妙法蓮華経』を読み、感動する。	四月、「子供之友」創刊。四月〜夏目漱石「心」。七月、第一次世界大戦勃発。一〇月、高村光太郎『道程』。一一月、「少年倶楽部」創刊。
一九一五（大4）年	三三歳。一月、小説集『紫のダリア』が鈴木三重吉によって出版される。	一九歳。一月、盛岡市北山の教浄寺に下宿。二月、賢治の座右の書、片山正夫『化学本論』刊行。四月、盛岡高等農林学校（現在の岩手大学農学部）農学科第二部に首席で入学。寄宿舎自啓寮に入る。妹トシ、日本女子大学校入学。八月、島地大等の歎異鈔法話を一週間聞く。	一一月、芥川龍之介「羅生門」。

年代	未明の身辺	賢治の身辺	南吉の身辺	社会や文化の動き
一九一六(大5)年	三四歳。文化学会会員となり、嶋中雄三らを知る。一二月、次男哲郎誕生。	二〇歳。特待生に選ばれる。七月、関豊太郎教授の指導で盛岡付近の地質調査を行う。八月、東京でドイツ語講習会に参加。一一月、「校友会会報」に短歌「灰色の岩」二九首を発表。		一月、「良友」創刊。一月〜森鷗外「澁江抽斎」。五月、夏目漱石「明暗」。一二月、夏目漱石没。
一九一七(大6)年		二一歳。七月、小菅健吉、河本義行、保阪嘉内らと同人誌「アザリア」を創刊。短歌や小品を発表。「校友会会報」にも短歌を発表。八月、江刺郡地質調査。	四歳。一一月、母りゑ病没(二九歳)。	六月、浜田広介「黄金の稲束」。一一月、ロシア一〇月革命。
一九一八(大7)年	三六歳。一月、「戦争」を「科学と文芸」に発表。一一月、長女晴代結核で死去(一二歳)。一二月、第二童話集『星の世界から』刊行(岡村書店)。	二二歳。保阪嘉内が二月発行の「アザリア」に書いた文章の表現が問題になって除籍。二月、得業論文「腐植質中ノ無機成分ノ植物ニ対スル価値」を提出、三月、卒業。研究生となる。四月、徴兵検査で第二乙種、兵役免除。一二月、トシ入院で、母と上京。	五歳。四月頃、継母志んが来る。下駄屋を始める。	七月、「赤い鳥」創刊。芥川龍之介「蜘蛛の糸」。八月、米騒動おこる。一一月、第一次大戦終わる。

一九一九（大8）年	三七歳。二月、「金の輪」を「読売新聞」に発表。三月、「青鳥会」の雑誌「黒煙」創刊。四月、児童雑誌「おとぎの世界」を創刊、主宰する。五月、同誌に「牛女」を発表。一二月、童話集『金の輪』刊行（南北社）。	二三歳。三月、トシ退院。ともに花巻に帰る。家業に従事する。岩手県豊作。	六歳。二月、異母弟益吉生まれる。	四月、「改造」「おとぎの世界」創刊。六月、西條八十『砂金』。一〇月、北原白秋『トンボの眼玉』。一一月、「金の船」創刊。
一九二〇（大9）年	三八歳。一月、「酔っぱらい星」を「赤い鳥」に発表。一家親子四人スペイン風邪にかかり、重態。一二月、日本社会主義同盟創立大会に参加。	二四歳。五月、研究生を修了。七月、田中智学の著書を読み、一〇月、田中の創設した日蓮宗の団体国柱会信行部に入会。九月、トシ、花巻高等女学校教諭心得となる。	七歳。四月、半田第二尋常小学校（現在の岩滑小学校）に入学。	アメリカで経済恐慌。一月、志賀直哉「小僧の神様」。四月、「童話」創刊。七月、芥川龍之介「杜子春」。八月、有島武郎「一房の葡萄」。

年代	未明の身辺	賢治の身辺	南吉の身辺	社会や文化の動き
一九二一（大10）年	三九歳。一月、「時計のない村」「殿様の茶碗」を「婦人公論」に発表。二月、三男英二誕生。二月一六日から、童話「赤い蠟燭と人魚」を「東京朝日新聞」に連載。五月、童話集『赤い蠟燭と人魚』刊行（天佑社）。六月、「港に着いた黒んぼの話」を「童話」に発表。一〇月、童話集『港に着いた黒んぼ』刊行（精華書院）。	二五歳。一月、無断で上京。上野の国柱会本部を訪れ、高知尾智耀に会う。本郷菊坂町に間借りし、帝大前の文信社で筆耕、夜は国柱会の奉仕活動や街頭布教に励む。高知尾に勧められ童話を多作。八月、トシ喀血、大トランク一杯の原稿を持って帰郷。一二月、稗貫郡立稗貫農学校教諭に就任。農業関係や代数、英語も担当。「愛国婦人」一二～一月号に童話「雪渡り」を発表。	八歳。二月、実母りゑの弟である叔父の新美鎌治郎が病没。七月、半田町字東平井の新美志も（実母りゑの継母）の養子となり、新美正八となる。一一月の末まで新美家から通学するが、一二月の初めに父のもとへ帰る。	一月、「芸術自由教育」創刊。一月～志賀直哉「暗夜行路」前編。二月、「種蒔く人」創刊。六月、巌谷小波『三十年目書き直しこがね丸』。野口雨情『十五夜お月さん』。一一月、ワシントン軍縮会議で日英米仏四国協約調印。日英同盟廃棄。
一九二二（大11）年	四〇歳。一月、「黒い人と赤い橇」を、七月、「月夜と眼鏡」を「赤い鳥」に発表。四月、「大きな蟹」を「婦人公論」に発表。五月、出版従業員組合員としてメーデーに参加。八月、「プロレタリアの正義と芸術」を「解放」に発表。九月、童話集『小さな草と太陽』刊行（赤い鳥社）。	二六歳。一月、『春と修羅』収録詩編の制作開始。二月、エスペラント語の勉強を始める。農学校のために「精神歌」を書く。生徒が賢治の劇「饑餓陣営」を上演。一一月二七日、療養中の妹トシ結核で死亡。妹の死は、「永訣の朝」などの詩を生む。		一月、「コドモノクニ」創刊。五月、日本童話協会創立。六月、カロル／西條八十『鏡国めぐり』。七月、日本共産党結成。森鷗外没。

一九二三（大12）年	四一歳。一月、「気まぐれの人形師」を、三月、「飴チョコの天使」を「赤い鳥」に発表。「はてしなき世界」を「童話」に発表。童話集『気まぐれの人形師』刊行（七星社）。五月、童話集『紅雀』刊行（集成社）。六月、中村吉蔵、秋田雨雀、小川未明のために「三人の会」が開かれ、そこで、「野薔薇」が朗読される。九月、小石川雑司ヶ谷の家で関東大震災にあう。「千代紙」を「少女倶楽部」に発表。	二七歳。四～五月、「岩手毎日新聞」に「やまなし」「氷河鼠の毛皮」「シグナルとシグナレス」などを発表。七月、教え子の就職依頼のために青森、北海道、樺太に旅行。この旅行で、妹トシへの多くの挽歌が生まれる。	一月、「少女倶楽部」創刊。九月、関東大震災。一一月、「コドモアサヒ」創刊。
一九二四（大13）年	四二歳。三月、童話集『飴チョコの天使』刊行（イデア書院）。九月、童話集『あかいさかな』刊行（研究社）。一一月、童話集『ある夜の星だち』刊行（イデア書院）。	二八歳。四月、心象スケッチ『春と修羅』刊行（関根書店）。花巻温泉、花巻共立病院の花壇を設計する。一二月、イーハトヴ童話『注文の多い料理店』刊行（杜陵出版部／東京光原社）。「銀河鉄道の夜」初稿書かれる。	三月～谷崎潤一郎「痴人の愛」。七月、小星・東風人『お伽正チヤンの冒険1』。

年代	未明の身辺	賢治の身辺	南吉の身辺	社会や文化の動き
一九二五（大14）年	四三歳。一〇月、「負傷した線路と月」を「赤い鳥」に発表。一一月、嶋中雄三らの厚意で『小川未明選集』（小説四巻、童話二巻、文化学会出版部）の予約刊行始まる。一二月、日本プロレタリア文芸連盟設立に参加。	二九歳。森佐一編集の「貌」や草野心平編集の「銅鑼」の同人となり、詩を発表。		四月、治安維持法公布。五月～吉川英治「神州天馬侠」。九月～千葉省三「虎ちゃんの日記」。一一月、楠山正雄『画とお話の本』全五巻刊行開始。
一九二六（大15）年	四四歳。一月、「雪来る前の高原の話」を「童話」に発表。二月、江口渙、秋田雨雀らと童話作家協会を創設。三月、四男優誕生。四月、『兄弟の山鳩』刊行（アテネ書院）。『小川未明選集』全六巻完結。これを機に童話に専念することを決意し、五月、「今後を童話作家に」を「東京日日新聞」に、六月、「事実と感想」を「早稲田文学」に発表。春日山神社の後継者に夫婦養子を迎える。	三〇歳。一～三月、尾形亀之助編集の「月曜」に「オツベルと象」「ざしき童子のはなし」「寓話 猫の事務所」を発表。三月、農学校を依願退職。四月、花巻郊外の下根子桜で独居自炊の生活を始める。やがて、羅須地人協会発足。一二月、上京、タイプ、オルガン、セロ、エスペラント語を習う。高村光太郎を訪問。	一三歳。小学校の卒業式で、「たんぽぽの幾日ふまれて今日の花」という俳句の入った答辞を読み、参加者を驚かす。四月、県立半田中学校（現在の半田高等学校）入学。	一月、「幼年倶楽部」創刊。葉山嘉樹「セメント樽の中の手紙」。一月～川端康成「伊豆の踊子」。二月、童話作家協会創立。三月、労働農民党結成。八月、日本放送協会設立。一二月、社会民衆党、日本労農党結成。大正天皇没。昭和と改元。

一九二七（昭2）年	四五歳。一月、これまでの童話の集成『未明童話集』全五巻刊行開始（丸善）。五月、アナーキスト系の同志と日本無産派文芸連盟を結成。一〇月、最後の小説集『彼等甦らば』を刊行（解放社）。	三一歳。二月、「岩手日報」に羅須地人協会の紹介記事が載り、当局から社会主義運動との関係について取り調べを受ける。五月から天候不順だった夏にかけて、肥料設計、稲作指導に奔走する。	一四歳。この頃より、文学に興味を抱く。やがて、「兎の耳」「緑草」「愛誦」「少年倶楽部」などに投稿。	三月、金融恐慌起こる。五月、『日本児童文庫』全七六巻、『小学生全集』全八八巻刊行開始。六月、ジュネーブ軍縮会議。坪田譲治「河童の話」。七月、芥川龍之介自殺。
一九二八（昭3）年	四六歳。七月、「酒屋のワン公」を「童話文学」に発表。一〇月、新興童話作家連盟の結成に参加。	三二歳。六月、伊藤七雄の計画していた大島農芸学校設立の相談に応ずるために大島へ。東京で浮世絵展などを見て、帰郷。七～八月、稲熱病や旱魃の対策のために走り回る。八月、過労と栄養失調で発熱、花巻病院に入院。両側肺浸潤。一二月、急性肺炎。		一月、劇団東童創立。二月、第一回普通選挙。猪野省三「ドンドンやき」。三月、共産党大検挙（三・一五事件）。一〇月、新興童話作家連盟結成。一一月、草野心平『第百階級』。
一九二九（昭4）年	四七歳。一月、新興童話作家連盟の機関誌「童話運動」創刊。一二月、アナーキスト系の児童文学の同志と自由芸術家連盟を結成。	三三歳。春、「銅鑼」同人、黄瀛が訪問。四月、東北砕石工場の鈴木東蔵来訪。合成肥料のことで相談を受ける。	一六歳。四～五月、「張紅倫」を書く。九月、謄写版印刷の同人誌「オリオン」を出しはじめ、四号まで発行。	五月、「少年戦旗」創刊。五月～小林多喜二「蟹工船」。一〇月、世界恐慌始まる。

年代	未明の身辺	賢治の身辺	南吉の身辺	社会や文化の動き
一九三〇（昭5）年	四八歳。三月、自由芸術家連盟機関誌「童話の社会」創刊。四月、『現代日本文学全集』第二三巻『岩野泡鳴・上司小剣・小川未明集』刊行（改造社）。九月、『明治大正文学全集』第三〇巻『岩野泡鳴・小川未明・中村星湖』刊行（春陽堂）。この年、杉並区高円寺の新居に移る。	三四歳。春、やや回復。		三月、童謡同人誌「乳樹」創刊。四月、ロンドン海軍軍縮会議調印。米経済恐慌深刻化。槇本楠郎『プロレタリア児童文学の諸問題』。一二月、三好達治『測量船』。
一九三一（昭6）年	四九歳。十月、「童話研究」が小川未明を特集。一一月、『未明童話集』の完結と生誕五〇年を祝して、鈴木三重吉、蘆屋蘆村、吉江喬松らの呼びかけで記念祝賀会が開かれる。	三五歳。二月、東北砕石工場技師嘱託に。七月、佐藤一英編集の「児童文学」に「北守将軍と三人兄弟の医者」を発表。九月、「風の又三郎」を書きすすめる。工場の出張で上京し、発熱。駿河台の八幡館で遺書を書き帰郷。一一月、手帳に「雨ニモマケズ」を書く。凶作。	一八歳。三月、半田中学校卒業。岡崎師範学校を受験するが、身体検査で不合格となる。四月、母校の半田第二尋常小学校の代用教員となり、八月まで勤務。二年生を担任する。復刊した雑誌「赤い鳥」に南吉のペンネームで童謡、童話を投稿し、八月号に「正坊とクロ」、一一月号に「張紅倫」が掲載される。九月、北原白秋門下の童謡雑誌「チチノキ」に加わり、巽聖歌らを知る。	一月〜田河水泡「のらくろ二等卒」。七月、槇本楠郎・川崎大治編『小さい同志』。九月、満州事変。一二月、巽聖歌『雪と驢馬』。

一九三二（昭7）年	五〇歳。一月、「ナンデモ ハイリマス」を「コドモノクニ」に発表。	三六歳。三月、「児童文学」に「グスコーブドリの伝記」を発表。	一九歳 一月、「赤い鳥」に「ごん狐」が掲載される。五月号にも童話「のら犬」が載ったほか、童謡もいくつか掲載される。四月、東京外国語学校（現在の東京外国語大学）英語部文科入学。八月まで巽聖歌宅から通学するが、九月、外国語学校の学生寮に移る。与田準一ら童謡詩人、童話作家と交わる。	一月、上海事変。三月、満州国建国宣言。五月、五・一五事件。
一九三三（昭8）年	五一歳。八月、童話集『雪原の少年』刊行（四条書房）。アナーキストの解放文化連盟が設立され、陰の協力者となる。	三七歳。九月二〇日、急性肺炎、病状悪化。絶詠の短歌二首書く。夜には農民の肥料相談に応ずる。二一日、容態が急変し喀血。国訳法華経一千部を翻刻し、友人知己に配布するよう父に遺言。午後一時半、永眠。二三日、菩提寺安浄寺で葬儀、後に身照寺に改葬（五一年）。法名は、真金院三不日賢善男子。東北地方豊作。	二〇歳「チチノキ」の編集にかかわる一方、小説の創作を試みる。北原白秋と鈴木三重吉が訣別したことから、三重吉が主宰する「赤い鳥」への投稿を見合わせる。一二月、「手袋を買いに」を書く。五月、学生寮を出て、巽聖歌宅にも近い中野区新井薬師に下宿。	三月、日本、国際連盟を脱退。六月、与田準一『旗・蜂・雲』。九月、西脇順三郎『Ambarvalia』。
一九三四（昭9）年			二一歳。二月、新宿での第一回宮沢賢治友の会に巽聖歌と出席。はじめての喀血。	四月〜吉屋信子「あの道この道」。一二月、中原中也『山羊の歌』。

年代	未明の身辺	賢治の身辺	南吉の身辺	社会や文化の動き
一九三五（昭10）年	五三歳。一月、父澄晴死去（八七歳）。『小川未明 コドモヱバナシ』刊行（東京社）。		二二歳。五月、「ひろったらっぱ」「でんでんむしのかなしみ」「ひとつの火」などの幼年童話二〇編あまりを二〇日間ほどで書き上げる。	一月、坪田譲治「魔法」。一二月、鈴木三重吉『綴方読本』。
一九三六（昭11）年	五四歳。三月、『未明カタカナ童話読本』『未明ひらかな童話読本』刊行（文教書院）。		二三歳。三月、東京外国語学校卒業。四月、東京丸の内の東京商工会議所内にある東京土産品協会に勤め、菓子や玩具の英文カタログ作成の仕事をする。中野区上高田に転居。一〇月、二回めの喀血。一一月、帰郷し、静養。	一月〜江戸川乱歩「怪人二十面相」。二月、日独防共同盟調印。二・二六事件。九月〜坪田譲治「風の中の子供」。
一九三七（昭12）年	五五歳。四月、童話雑誌「お話の木」創刊、主宰（子供研究社）。七月、母チヨ死去（八五歳）。		二四歳。三月、就職活動をする。四月、愛知県知多郡河和第一尋常高等小学校（現在の河和小学校）の代用教員となる。四年生の担任と高等科の英語を担当。七月、退職。九月、杉治商会に勤務、本社経理課などで働く。	一月〜山本有三「路傍の石」。七月、日中戦争始まる。

一九三八（昭13）年	五六歳。二月、「お話の木」廃刊。一〇月、内務省警保局図書課が児童図書浄化措置として「児童読物改善に関する指示要綱」を発表。未明も専門家の一人として協力する。	二五歳。四月、安城高等女学校（現在の安城高等学校）の教諭となる。一年生の担任と全学年の英語を担当する。五月、関東方面への修学旅行に付き添いとして参加。	四月、国家総動員法公布。一二月、草野心平『蛙』。
一九三九（昭14）年		二六歳 二～九月、生徒詩集六冊を謄写版印刷で発行。四月、安城に下宿。五月、友人江口榛一のはからいで「哈爾賓日日新聞」に、「最後の胡弓弾き」を連載。一〇月、同紙に「花を埋める」「久助君の話」が掲載される。七月、生徒とともに富士登山。八月、同僚二人と伊豆大島、東京へ研修旅行。	九月、第二次世界大戦勃発。
一九四〇（昭15）年	五八歳。四月、童話集『夜の進軍喇叭』刊行（アルス）。九月、児童文化新体制懇談会の発起人となる。一一月、郷里の春日山に父母の霊碑完成。除幕式に臨席。帰りに、糸魚川の相馬御風を訪ねる。	二七歳。三月、「哈爾賓日日新聞」に「屁」が掲載される。ほかの作品も寄稿。一二月、巽聖歌編集の「新児童文化」第一冊に「川」を発表。	五月、太宰治「走れメロス」。六月、川崎大治『太陽をかこむ子供たち』。一二月、与田準一『山羊とお皿』、ミルン／石井桃子『熊のプーさん』。「新児童文化」創刊。

年代	未明の身辺	賢治の身辺	南吉の身辺	社会や文化の動き
一九四一（昭16）年	五九歳。一二月、日本少国民文化協会創立総会に出席。		二八歳。四月、腎臓病で二週間病臥。死を覚悟して、弟益吉に遺言状を書く。七月、「新児童文化」に「嘘」を発表。一〇月、最初の単行本『良寛物語 手毬と鉢の子』（学習社）刊行。初版一万部。一一月、「早稲田大学新聞」に「童話に於ける物語性の喪失」を発表。	一月、ロフティング／井伏鱒二『ドリトル先生「アフリカ行き」』。一二月、太平洋戦争勃発。モルナール／松宮重行『パウル街の少年団』。
一九四二（昭17）年	六〇歳。二月、感想集『新しき児童文学の道』刊行（フタバ書院成光館）。四月、上野精養軒で還暦祝賀会が開かれ、『現代童話文学四十三人集』を贈られる。		二九歳。三～五月、「ごんごろ鐘」「おじいさんのランプ」「牛をつないだ椿の木」「百姓の足、坊さんの足」「花のき村と盗人たち」「鳥右エ門諸国をめぐる」などを書く。一〇月、第一童話集『おじいさんのランプ』（有光社）刊行。	七月、平塚武二『風と花びら』。九月、下畑卓『煉瓦の煙突』。

一九四三（昭18）年	六一歳。フタバ書院成光館が『小川未明全集』全二二巻を計画し、五月に刊行を開始したが、九月の第二回配本で終わる。	一月、病気再発し、病臥。「狐」「小さい太郎の悲しみ」「疣」などを喉の痛みに苦しみながら書く。二月、安城高等女学校を退職。手もとの作品を巽聖歌に送って童話集の編集を依頼する。二月一四日、父多蔵あてに遺言状を書く。三月二二日午前八時すぎ、喉頭結核のため永眠。四月一八日、渡辺家で葬儀。東京から巽聖歌、与田準一が参列する。法名釈文成。	一月～谷崎潤一郎「細雪」。五月、椋鳩十『動物ども』。一二月、第一回学徒出陣。
一九四四（昭19）年	六二歳 九月、『かねも戦地へ』刊行（中央出版）。一〇月、少国民文化協会第一回少国民文化功労賞受賞。		二月、壺井栄『夕顔の言葉』。七月、学童集団疎開始まる。
一九四五（昭20）年	六三歳。二月、少国民文化協会編『少国民文化論』に「解放戦と発足の決意」を発表。八月、東京で敗戦を迎える。		八月、広島、長崎に原子爆弾投下。ポツダム宣言受諾。無条件降伏。終戦の詔書発布。

年代	未明の身辺	賢治の身辺	南吉の身辺	社会や文化の動き
一九四六(昭21)年	六四歳。三月、児童文学者協会設立に参加。四月、「兄の声」を「子供の広場」に発表。九月、児童文学者協会機関誌「日本児童文学」創刊号に「子供たちへの責任」を発表。一二月、第五回野間文芸賞受賞。			一月、天皇人間宣言。二月、日本童話会創立。四月、坂口安吾「堕落論」。「赤とんぼ」「子供の広場」創刊。一〇月、「銀河」創刊。一一月、「少年」創刊。
一九四七(昭22)年	六五歳。三月、「戦争はぼくを大人にした」を日本童話会の「童話」に発表。九月、「とうげの茶屋」を「新児童文化」に発表。			二月、石井桃子『ノンちゃん雲に乗る』。三月、教育基本法、学校教育法公布。三月～竹山道雄「ビルマの竪琴」。五月、日本国憲法施行。一二月、児童福祉法公布。
一九四八(昭23)年				二月、岡本良雄「ラクダイ横丁」。六月～太宰治「人間失格」。
一九四九(昭24)年	六七歳。一〇月、児童文学者協会総会で、同会初代会長に選ばれる。			一一月、湯川秀樹にノーベル賞。

一九五〇（昭25）年	六八歳。一一月、『小川未明童話全集』全一二巻刊行開始（講談社）。一二月、児童文学者協会会長を退く。	三月、「豆の木」創刊。六月、朝鮮戦争勃発。八月、警察予備隊令公布。
一九五一（昭26）年	六九歳。二月、「童話を作って五十年」を「文藝春秋」に発表。四月、児童文学者協会の主催で全集出版祝賀会が行なわれる。五月、芸術院賞受賞。	九月、対日講和条約調印。日米安全保障条約調印。一一月、松谷みよ子『貝になった子供』。一二月、与田準一『五十一番目のザボン』。
一九五二（昭27）年		六月、谷川俊太郎『二十億光年の孤独』。一二月、壺井栄『二十四の瞳』。
一九五三（昭28）年	七一歳。一一月、芸術院会員、文化功労者となる。	七月、朝鮮戦争休戦。九月、早大童話会「『少年文学』の旗の下に！」。
一九五四（昭29）年	七二歳。六月、『小川未明作品集』全五巻刊行開始（講談社）。	九月、古田足日「近代童話の崩壊」。一二月、国分一太郎『鉄の町の少年』。

年代	未明の身辺	賢治の身辺	南吉の身辺	社会や文化の動き
一九五五（昭30）年				五月、日本児童文芸家協会創立。
一九五六（昭31）年	七四歳。一一月、春日山に建てられた詩碑の除幕式に出席。			一〇月、日ソ国交回復。
一九五七（昭32）年				三月、いぬいとみこ『ながいながいペンギンの話』。
一九五八（昭33）年	七六歳。一一月、新版『小川未明童話全集』全一二巻刊行開始（講談社）。			三月、高山毅『危機の児童文学』。
一九五九（昭34）年				三月、『週刊少年マガジン』創刊。四月、『週刊少年サンデー』創刊。八月、佐藤暁『だれも知らない小さな国』。九月、古田足日『現代児童文学論』。一二月、いぬいとみこ『木かげの家の小人たち』。

一九六〇（昭35）年				四月、石井桃子他『子どもと文学』。八月、松谷みよ子『龍の子太郎』。
一九六一（昭36）年	七九歳。五月六日夜、脳出血で倒れ、一一日夜、高円寺の自宅で永眠。都下小平霊園に葬られる。六月二〇日、早稲田大学大隈講堂で、小川未明追悼記念講演会が開かれ、佐藤春夫、尾崎士郎、秋田雨雀、坪田譲治、山室静が講演。			四月、早船ちよ『キューポラのある街』。一一月、古田足日『ぬすまれた町』。一二月、神沢利子『ちびっこカムのぼうけん』。

岡上鈴江『父小川未明』（一九七〇 新評論）、『定本 小川未明童話全集』第一四巻（一九七七 講談社）の岡上鈴江・滑川道夫編の年譜、『日本児童文学大系』第五巻『小川未明』（一九七七 ほるぷ出版）の畠山兆子編の年譜、『新校本 宮澤賢治全集』第一六巻（下）年譜篇（二〇〇一 筑摩書房）、『校定 新美南吉全集』別巻Ⅰ（一九八三 大日本図書）の「新美南吉年譜」などをもとに作成した。

（宮川健郎）

〈文学館・記念館情報〉

小川未明文学館

新潟県上越市本城町8－30（高田図書館内）
http://www.city.joetsu.niigata.jp/sisetu/ogawa-mimei/

宮沢賢治記念館・イーハトーブ館

岩手県花巻市矢沢1－1－36
http://www.miyazawa-kenji.com./kinenkan.html

新美南吉記念館

愛知県半田市岩滑西町1－10－1
http://www.nankichi.gr.jp/

編者紹介

宮川健郎（みやかわ・たけお）

一九五五年東京生まれ。立教大学文学部日本文学科卒。同大学院修了。現在武蔵野大学文学部教授。『宮沢賢治、めまいの練習帳』（久山社）、『現代児童文学の語るもの』（NHKブックス）、『本をとおして子どもとつきあう』（日本標準）、『子どもの本のはるなつあきふゆ』（岩崎書店）ほか著書編著多数。

口絵写真

坂口綱男（さかぐち・つなお）

一九五三年群馬県桐生市に作家坂口安吾の長男として生まれる。広告、雑誌のカメラマンとして活躍。二〇〇六年安吾の遺品を新潟市の寄贈し、デジタルミュージアムを立ち上げる。

名作童話を読む　未明・賢治・南吉

平成二十二年五月十日初版第一刷発行

編著　宮川健郎
発行者　和田佐知子
発行所　株式会社　春陽堂書店
郵便番号　一〇三―〇〇二七
東京都中央区日本橋三―四―十六
電話番号　〇三（三八一五）一六六六
URL　http://www.shun-yo-do.co.jp
装幀　後藤　勉
印刷製本　有限会社　ラン印刷社
乱丁本・落丁本はお取り替えいたします。

ISBN978-4-394-90276-8